네가 있는 곳은 어떤지 물어보고 싶어

백가연

괜찮아. 네가 뭐라고 하든 나는 네가 좋아.
그리고 나 역시 너의 기쁨뿐만 아니라 아픔과 슬픔까지도
놓치지 않고 잘 알아주고 싶어.

너의 새벽만 유난히 긴 것같이 느껴지는 날에는 전화 줘.

머리말

쓰는 일에 대한 자신감을 잃을 때는 친구의 다정한 응원을 떠올렸습니다.

너의 세계 안에서 만들어지는 언어들이 좋다고, 지구에는 사랑을 통해 아문 문장들이 필요하다는 말이었어요. 친구의 말을 되새겨보는 것만으로도 마음이 일렁였고, 얼마간 쓸 용기가 났습니다. 저의 사계절을 아는 사람이기에 할 수 있는 말이겠지요.

남쪽에서 자란 저에게 서울의 겨울은 참 혹독해요. 스쳐 가는 차가운 바람에도 생채기가 나고, 해야 할 일들의 진도가 더디어집니다. 하지만 겨울이 지나고 봄이 오는 것만으로도 생각이 조금 바뀌었어요. 좀 살아보자. 이왕이면 더 씩씩하게. 뺨에 와 닿는 바깥 공기의 온도만 달라져도, 마음의 온도까지 함께 달라졌어요. 저를 둘러싼 상황은 아무것도 바뀌지 않았는데 말이에요.

지금 이 글을 읽는 분의 마음이 있는 곳은 어떠신가요. 겨울을 지나고 있을까요. 선선한 가을바람이 부는 나무 그늘일까요. 혹은 한여름의 푸른 바다 곁인가요.

직접 안부를 물어볼 수 있는 사람에게는 "네가 있는 곳은 어때?"라고 말하겠지만, 그럴 수 없는 사람에게는 '네가 있는 곳은 어떤지 물어보고 싶은 마음' 정도만 품겠죠. 상대가 이 세상에 없기 때문에 그럴 수도 있고, 모종의 이유로 어떤 연락도 어려운 사이가 되었을 수도 있고, 감히 추측할 수 없는 이유가 둘 사이에 존재할지도 모르겠습니다.

저는 지금 이 글을 읽고 있을 분에게 안부를 묻고 싶어요. 그럴 수 없기 때문에 물어보고 싶은 마음만 조심스럽게 품어봅니다.

　이 책에는 자주 울고 자주 웃는 사람, 섬세해서 편안하다는 말과 예민해서 불편하다는 말을 함께 듣는 사람이 쓴 글이 담겨 있습니다. 다양한 관계 안에서 얻게 되는 미세한 상처와 그들의 사랑으로 인한 회복 사이를 자주 오가며 떠오르는 마음들을 써 내려갔습니다. 나와 세상 사이의 이야기 그리고 나 자신과의 이야기이기도 합니다. 당신이 걸어온 길 어딘가에 꼭 맞는 경험이 있을 수도 있겠지요.

　책을 읽는 시간만큼은 당신이 있는 그곳이 제가 떠올리는 봄과 같기를 바랍니다. 책을 읽고 나면, '그래도 한번 살아보자'라는 생각이 들 만큼요. 이왕이면 씩씩하게요.

　움츠렸던 몸의 기지개를 켜봅니다.
마침 봄이 왔어요.

2021년 4월
백가연

차례

1부

13 가짜 천국과 가짜 지옥
19 반짝이는 마음들
26 지겹게도 말하고, 지긋지긋해서 도망가고
32 스며들듯 천천히, 그리고 밀도 높게
38 레이스 밖 구경꾼
45 담배, 위스키, 한솔이
48 내향적 외향 인간
53 닭이 먼저인지, 달걀이 먼저인지
57 각자의 행복
58 네 글은 순수하잖아
62 긍정 40%, 무게감 60%
66 빛을 좇는 사람들
69 사라질까 무서울 만큼 소중한 지금
71 여기 있어도, 거기 있어도 나는 나

2부

75 모난 돌
78 이유 없이
80 네가 있는 곳은 어떤지 물어보고 싶어
83 정 안 되면 전화하면 되는 거야
86 특히 그 친구는 앞으로 밝은 날만 있기를 바라
91 아기 냄새
97 할부냐, 현금 박치기냐 그것이 문제로다
102 내가 이렇게 알고 있잖아
109 사랑의 양분
114 맘껏 놀려도 좋아
116 그래도 나는 잘 살아보고 싶어
120 10년의 생활을 분리하는 일
125 대화
126 그리워서 애달프고,
    손에 닿지 않아 안타까운 사람들아
129 눈물은 웃음으로 지울 수 있다는 것
134 고민 상담

3부

137	이곳에 없는 여자들을 생각해요
143	아직은 타임머신이 없어서
149	수지타산 안 맞는 장사
153	무례한 말을 하는 당신과 나에게
159	뼛속에 아로새겨지는 기억
164	무대 아래로 내려와야 할 수 있는 이야기
171	"실수할 수 있어. 어른들도 실수해."
175	대단치 않은 위로
178	각자의 새벽
184	다정한 흔적
187	자라나는 날들에 대한 이해
192	이름 없는 내 나무

1부

가짜 천국과 가짜 지옥

　　요즘은 카페에 가면 바닥 타일을 어떤 것으로 쓰고 있는지부터 골똘히 본다. 3년째 사는 집의 베란다 인테리어 공사를 앞두고 있기 때문이다. 처음에는 아예 확장 공사를 하려고 했으나, 거실과 베란다를 구분하는 것이 공간 활용에 좋을 것 같아 마음을 바꾸었다. 대신 문틀을 폴딩 도어로 바꿔서 거실과 베란다를 이어지게 하고, 페인트칠도 바닥 타일도 모두 새롭게 해서 카페 공간처럼 꾸며보기로 했다. 햇빛이 잘 들어오는 집이라 베란다에 앉아 커피를 마시면 몸이 노곤해질 것 같다. 인테리어 시공 업체 쪽에서 가지고 있는 타일 종류가 마음에 차지 않아서 내가 직접 타일을 구해 오면 사장님께서 시공해주시기로 했다. 베란다뿐 아니라 각 방의 도배도 새로 하느라 최소 3일 정도는 집을 비워야 한다. 이런 대공사는 이사 들어올 때 진작 해야 했다.

이사를 하던 시점에는 이런 것쯤 하나도 보이지 않았다. 서둘러 지금 집에 들어오는 게 급했다. 이전에 살던 곳에서는 도망치듯 나왔다. 그 집에 살던 7년 중 마지막 2년 정도를 층간소음에 시달렸다. 그때의 지난한 과정은 쓰기 시작하면 끝이 없다. 해결하기 위해 시도하지 않은 방법도 없다. 가짜 천국에 있는 것 같았다. 원래부터 힘든 것을 구구절절 말하는 성격은 아니라서, 밖에서도 늘 그렇듯 잘 웃고 지냈다. 말을 꺼낼 수도 있었지만, 층간소음 같은 건 세상 사람들 고통에 비하면 너무나 별 볼 일 없어 보였다. 자신의 아픔에 기대어 "가연이도 불행이 뭔지 알까?"라는 말을 농담처럼 건네오는 친구들과 함께하는 날에는 술맛이 더 썼다. 괜한 말로 그들의 불행을 납작하게 만들고 싶지 않아서 웃음으로 답을 때웠다. 그런 날에는 길거리에 피어난 이름 모를 풀도 더 외롭게 보였다.

행복이든 불행이든 어떻게 보이는지는 상관없었다. 다만 너무나 쉽게 넘겨짚는 말들이 아팠다. 난 웃는 사람일수록 혹시 모를 마음이 궁금하던데. 우는 사람을 봐도 불행이라는 이름을 붙이지 않으려고 하는데. 참고 참다 2년쯤 흘러 도저히 이 집에서 살 수 없다고 생각했고, 이사를 결정했다. 집을 알아볼 때 조건도 명확했다. 조용한 동네일 것. 꼭대기 층일 것. 옆집과 벽을 공유하지 않을 것.

까다로운 조건에 부합하는 집을 만났고 이사를 했지만, 한동안은 달라진 사실이 없었다. 외부 환경은 바뀌었어도 내 마음이 치료되지 않은 탓이었다. 절망스러웠다. 천장에서 울리는 둔탁한 소리는 없었으나 새벽녘 나만 들을 수 있는 정도의 냉장고 소음에도 심장이 자주 바닥까지 떨어졌다. 층간소음 카페를 자주 들락거렸다. 같은 어려움을 겪고 있는 사람들은 이런 증상을 '귀가 트였다'고 표현했다. 소음에 시달리고 나면 이전에는 아무렇지 않게 들리던 백색 소음마저 거슬리게 되는 현상을 두고 하는 말이었다.

이사만 오면 전부 해결될 줄 알았는데, 나의 문제라고 생각하니 끝없는 터널 속에 갇혀 있는 것 같았다. 터널의 출구는 전혀 예상치 못한 곳에서 나타났다. 그 즈음 누군가와 사랑에 빠진 것이다. 온 정신이 사랑하는 사람에게로 쏠리자 우습게도 새벽의 냉장고 소리는 아무것도 아니게 되었다. 밤잠도 줄여가며 아침 해가 뜰 때까지 5시간, 6시간씩 통화를 했으니까. 별의별 방법을 써도 해결되지 않더니, 이 사람 하나 때문에 모든 것이 쉬워졌다. 사랑은 자꾸 커졌고, 사랑하는 만큼 자주 부딪치기도 했다.

　　예전과는 다르게 주위의 이야기가 더 듣고 싶었다. 친구들에게 우리 사이에서 일어나는 사랑과 갈등, 대화를 말했다. 타인의 데이터들을 잘 조합하여 지금의 사랑을 오래오래 유지해나가고 싶었다. 그러나 나의 여러 가지 고민을 들은 후 생각이 많은 연애, 불행한 관계는 이어나가지 말라고 종용하는 사람들이 있었다. '그 사람을 만나기 전의 네가 훨씬 안정되어 보였고, 행복해 보였다'는 말도 들었다. 가짜 천국보다는 사랑으로 인한 슬픔과 괴로움이 있는 이쪽이 훨씬 살 만하다는 것을 모르는 말이었다. 수면 위로 떠오른 것이 언제나 전부는 아니었다.

　많은 것이 바뀌었다. 그는 더 이상 곁에 없지만, 나는 새벽녘 냉장고 소음을 신경쓰지 않고 잠을 청한다. 조용한 지금의 집을 사랑하게 되었다. 그러나 가짜 천국과 가짜 지옥 사이를 오갔던 그때의 경험이 나를 자주 망설이게 한다. 누군가를 위로하는 것도, 부러워하는 것도 어려워졌다. 말을 꺼내려다가 참고 상대를 빤히 바라만 보는 순간들이 늘어났다. 말은 어려워 대신 손을 꾹 눌러 잡는다.

　크게 웃는 사람들이 조금 걱정스럽다. 염려의 손이 닿지 않아 깊숙한 곳에서 남몰래 외로울까 봐. 때로는 눈물보다 미소가 마음을 저리게 한다. 그 고민 조금이라도 나눠준다면 좋을 텐데. 구조요청 할 얼마간의 힘이라도 네게 있어 다행이라고, 꼭 껴안아줄 기회라도 나에게 줘서 고맙다고 말할 텐데. 얼마 전 세상을 떠난 그분 역시 많이 웃는 사람이었다. 웃음이 넘쳐 그 사람을 보는 우리까지 웃게 했다. 그러나 그 웃음 너머 차마 짐작조차 할 수 없는 아픔을 나는 모른다. 평생 모른다.

반짝이는 마음들

　　우리 동네 홈플러스 앞 붕어빵 사장님은 내 얼굴을 아신다. 입을 열기도 전에 "팥 여덟 마리 맞죠?" 하고 턱턱 담아 주신다. 저번 겨울 이틀에 한 번꼴로 붕어빵을 사 먹었기 때문이다. 미니 붕어빵이라 네 마리에 천 원인데, 네 마리는 어쩐지 아쉬워서 항상 여덟 마리를 샀다. 겨울에는 현금을 품고 다녀야 한다는 것도 다 옛날 말이 되었다. 요즘은 실시간 계좌이체도 가능하거든. 이번 겨울도 마찬가지다. 은행 앱의 최근 이체 목록에는 항상 붕어빵 아주머니의 계좌번호가 있다.

　　이틀마다 붕어빵 여덟 마리씩 먹은 이야기를

했더니 친구가 "너는 진짜 꽂히면 끝장을 본다."라고 말하며 고개를 절레절레 저었다. 친구 말이 맞다. 나에게 가장 어려운 일은 대충 좋아하는 것이니까. 안 좋아하면 안 좋아하고 좋아하면 좋아했지, 어떻게 대충 좋아할 수가 있어? 그게 가능해?

    살면서 끝장을 본 대상은 여럿이었다. 나의 막무가내 애정이 향하는 곳은 사람일 때도, 사람이 아닐 때도 있었다. 중학생 시절. 좋아하는 아이돌의 콘서트를 보러 가기 위해서 우리 지역 팬들을 모으고 서울행 전세버스를 직접 빌린 일은 아직도 전설 같은 이야기로 회자되고 있다. 나로서는 교통편이 마땅치 않은 상황에서 생각할 수 있는 유일한 대안이었으나, 남들 눈에는 꽤 신기했나 보다.

    열정적인 중학생 시절을 보낸 후, 고등학교에 입학했다. 내가 다녔던 고등학교는 천주교 재단에서 운영하는 학교였다. 종교는 없지만 비평준화 지역이라 성적 맞춰 가느라 그렇게 되었다. 학교에서는 무교인 학생들을 대상으로 예비 신자 수업을 진행했고, 수업이 끝나면 아이스크림을 간식으로 나눠주었다. 순전히 그 아이스크림이 먹고 싶어서 수업을 신청했는데 소식을 들은 엄마 아빠가 아연실색하셨다. 종교에 대한 선입견보다는 딸이 어느 날 갑자기 수녀가 되겠다고 선언할까 미리부터 걱정하신 것이었다. 그들의 눈에도 내가 평범한 교인이 되는 선택지는 없었다. 타고나길 그런 애였다.

한번 꽂히면 큰 내리막길 없이 정점의 상태를 10년 가까이 유지하는 편이라, 좋아하는 대상이 사라지기는커녕 누적되어서 내 보물 상자 안에는 반짝이는 것들이 셀 수 없이 많다. 초등학생 때부터 좋아한 도라에몽, 중학생 때부터 좋아한 한국 문학, 고등학생 때부터 좋아한 샤이니. 한때는 사랑하는 것들이 자꾸 생기는 탓에 내가 변덕이 심한 편이라고 착각한 적이 있었다. 죽고 못 사는 것들도 언젠가는 빛이 바래고 지긋지긋해질 것 같아 가슴 졸였었지. 귀에 꽂히는 노래일수록 아껴 들었고, 두 번 보고 싶은 영화는 한 번만 봤다.

그러나 1년이 지나고, 10년이 지나 보니 애정으로 시작한 일은 여간해서 질려하지 않는 인간이 나라는 것을 알게 되었다. 처음과 같은 설렘은 아니었으나 시간과 함께 새로운 의미들이 차곡차곡 쌓여나갔다. 나이가 들며 사용할 수 있는 어휘가 늘어났고, 하나의 대상을 두고서도 예전보다 다양하게 생각하고 표현할 수 있게 되었다. 새로운 단어로 말하고 써 내려갈수록 사랑도 깊어졌다.

결론적으로 나는 마음이 채 불타오르기도 전에 금방 옮겨가는 쪽이 아닌, 갈 데까지 가서 너덜너덜해지는 쪽에 가깝다. 뭐가 더 나은 일인지는 알 수 없고 그냥 이렇게 생겨먹었다. 의외로 대학원에서는 이렇게 생겨먹은 것이 크게 도움이 되었는데, 1절, 2절, 10절까지 떠드는 것도 연구라는 멋진 이름으로 허락되었기 때문이다. 하나의 주제를 깊이 있게 분석하고, 맥락을 만들고, 나의 언어로 치환하는 과정이 짜릿했다.

얼마 전에는 독립출판을 주제로 쓴 논문이 연구 공모전에 당선되었다. 무려 상금도 있었다. 이 논문은 지난 학기 과제로 쓴 페이퍼에서 출발했다. 사실 수업 주제와도 크게 상관이 없었는데 교수님과 협의하에 원래부터 관심 있던 주제로 논문을 쓰게 되었다(나: 교수님, 저 정말로 이거 해도 돼요? / 교수님: 뭐 어때. 하고 싶은 거 해.). 독립출판이 내가 속한 학계의 주요한 관심사는 아니었지만, 나의 주요한 관심사이긴 했으니까. 쓰는 동안 정말 신나게 썼다. 이 세계를 구성하는 사람들의 이야기를 듣는 것만으로 벅찬 순간들이 있었다. 다행히 완성도가 나쁘지 않아 교수님 제안으로 학술 대회도 나갔고, 마침 주제가 맞아떨어진 연구 공모전에도 참가할 수 있었다.

학사경고 왕창 받으며 학교 다니던 대학생 시절과는 정반대의 상황이다. 애정의 대상에만 최선을 다했던 탓에 의무와 책임을 다하지 않고 후회하는 날들도 많았으나, 결국 그러한 최선과 후회가 겹겹이 쌓여 지금 내가 사랑하는 것을 만들어주었겠지. 그렇게 생각하면 가끔은 의무와 책임을 저버리는 것도, 거기서 비롯된 후회도 나쁘지만은 않다. 인생이 어떻게 흘러갈지는 아무도 모르거든.

최근에는 LP에 빠져 있다. 매일 자기 전, 사고

싶은 음반의 시세를 알아보고 무엇을 살지 고민한다. 관심과 달리 지갑 사정에는 한계가 있어서 고르고 골라 겨우 한 장을 사겠지만, 애정의 대상이 또 하나 생겼다는 점이 사람을 좀 설레게 한다. 어디 아무도 모르는 저장고에 춥고 외로운 계절을 대비해 식량을 잘 비축해둔 든든한 기분이다. 내 손으로 뭘 구하다 먹을 힘조차 없을 때, 모아둔 걸 야금야금 까먹어야지.

    도라에몽 극장판이 개봉할 때면 여전히 개봉 첫날 영화관에 간다. 초등학생들 틈에서 영화를 보는 재미가 쏠쏠하다. 클라이맥스에서 눈물 흘리는 건 언제나 나 혼자이지만. 샤이니 멤버 중 두 명이 최근 제대해서 기분이 좋다. 작년부터 좋아하게 된 한결이의 데뷔 앨범도 곧 발매된다. 이런저런 일들로 속이 시끄러운 날에도 사랑하는 아이돌의 무대 영상 하나 보고 나면 기분이 꽤 말끔해진다. 일주일에 두 번 근력 운동을 하고, 가슴이 터질 때까지 달린다. 땀 한번 흘리고 나면 방금까지 어떤 일로 고민을 하고 있었는지 기억조차 나지 않는다. 밤마다 턴테이블로 음악을 틀어놓고 책을 읽는다. 차분하고 고요할 때, 가장 본연의 내 모습에 가까워진다.

좋아하는 마음으로 하루하루가 바쁘다. 반짝이는 마음들이 나를 자주 일으켜 세운다.

**지겹게도 말하고,
지긋지긋해서 도망가고**

지난여름에는 인스타그램 앱을 한 달 정도 삭제했었다. 말 많은 나에게 조금 질려버렸기 때문이다. 타인의 말이 아니라 자신의 말이 소음 공해같이 느껴질 때가 있다. 그 즈음 1박 2일로 부산 여행을 다녀왔다. 오랜만에 보는 바다가 반가웠고, 바쁜 시기에 무리하게 시간을 짜내서 간 거라 평소보다 몇 배는 들떠 있었다. 당연히 인스타그램에 이것저것 많이 올렸다. 내가 간 식당, 카페, 부산 바다를 마주한 지금 이 시점의 내 기분까지도. 그러다 문득 쌓여 있는 업로드를 보는데 확 피로해졌다. 나를 너무 많이 설명하려 들고, 노출하고 있다는 생각이 들었기 때문이다. 그건 내가 매주 에세이를 쓰고 읽을 때 느끼는 지긋지긋함과 결이 같았다. 그렇게 떠들어대고도 여전히 자신에 관해서 하고 싶은 말이 남아 있는 나를 볼 때 스치는 그 지겨움. '너도 참 징하다' 싶은 그것.

너무 많이 떠드는 것은 세련되지 않은 방식이라고도 느껴졌다. 내가 생각하는 진짜 '세련'은 좋은 일에도 무던, 나쁜 일에는 더 무던하게 구는 것이다. 세상만사에 호들갑 떨지 않고 초연하게 자기 길을 가는 사람들이야말로 세련돼 보였다. 나는 정반대였다. 식사 한 끼만 맛있어도 손뼉까지 짝짝 쳐가면서 사진을 찍고 인스타그램에 실시간으로 공유했다. SNS와 안전거리를 확보하면 그만일 텐데, 원체 촌스러운 나는 계속 말하고 싶은 것들이 생겨서 문제였다. 홧김에 앱을 지워버렸다.

삭제하고 나면 발이라도 동동 구를 줄 알았는데, 막상 닥쳐보니 좋은 점들이 명확하게 보여서 참을 만했다. 우선 시간이 확실히 확보됐다. 앱을 들여다보는 데 쓰는 시간은 물론, 사진 찍느라 공들이는 시간도 줄었기 때문이다. 사각 프레임 안에 가장 마음에 드는 이미지를 구현하기 위해서 커피 한 잔도 10장씩은 찍어대는 사람이 나였다.

    이미지에 집착하는 시간이 줄어들자 따라오는 장점이 하나 더 있었다. 사회에서 규정하는 '인스타적 감성'이 아닌, 내 진짜 욕망에 집중할 수 있게 된 것이다. 새삼 깨닫게 된 내 욕망은 시시했고, 그래서 좋았다. 한적한 공간에서 책을 읽을 수 있고 커피를 마실 수 있는 여유가 단 한 시간이라도 있다면 '오늘 잘 살았다'고 말할 수 있었다. 시끌벅적하고 큰 이벤트가 없어도 괜찮았다. 늦은 밤에는 화면을 들여다보는 대신 이불 속에서 가만히 고요를 즐겼다. 숨소리까지도 조그맣게 줄여보면서. 그럴 때면 나에게 허락된 새벽의 정적이 눈물 나게 감사했다. 조그만 방 안에서 평생을 홀로 조용히 숨어 있고 싶기도 했다. 다른 삶에 대한 궁금증은 책을 통해서 차고 넘치게 해결 가능했다. 그 옛날 싸이월드 시절부터 SNS에서 타인의 삶을 구경하는 데는 별로 열 올리지 않았다.

    확보된 시간 속에서 원래 목적대로 말을 조금

줄일 수 있었다. 주변 공기가 훨씬 쾌적했다. 나를 설명하는 언어가 빠진 자리에는 공간이 생겼다. 그 여백 안에서 취향의 저변은 넓게, 사람과 맞닿는 접촉 범위는 좁게 살아야 행복할 수 있겠다는 생각을 했다.

원래도 알고는 있었지만, 알고 있었던 것보다 훨씬 더 사람들이 나에게 관심이 없다는 것도 깨달았다. 일주일만 업로드가 뜸해져도 친한 친구들에게서 연락이 올 줄 알았다. 그러나 대부분은 눈치조차 채지 못했다. "나 뭐 달라진 거 없어?"라고 물어봤자, 맞은편에 앉은 사람은 초조한 낯으로 내 머리부터 발끝까지만 급하게 스캔할 뿐이었다. 적어도 얘네 사이에서는 슈퍼스타라도 되는 줄 알았는데, 슈퍼스타는 무슨. 동네 슈퍼만도 못했다. 그리고 이게 속상하기는커녕 엄청나게 상쾌했다.

내 SNS는 나에게만 중요한 것이라는 사실이 어찌나 기분이 좋던지. 딱히 누군가가 나를 궁금해하지 않아도 혼자 중얼중얼 떠들었다는 것 아닌가. 세련되지는 않더라도 그게 좀 더 나를 자유롭고 능

동적인 인간으로 느끼게 해주었다. 지면이 주어지지 않아도 글을 쓰는 사람처럼. 무대가 없어도 노래를 부르는 사람처럼. 앞으로도 지긋지긋하고 세련되지 않은 방식으로 아무 말 실컷 할 수 있겠다는 용기를 얻었다.

 이렇게 좋은 일은 한 달 만에 끝을 내야 했다. 내 책의 개정판을 냈고, 홍보를 해야 했기 때문이다. 독립출판이다 보니 홍보 창구가 팔로워 고작 몇백 명대인 내 인스타그램 계정뿐이었다. 겨우 SNS와 멀어진 삶에 적응했는데 이렇게 빨리 그 세계로 돌아가야 한다니. 아침 일찍 졸린 눈을 억지로 뜨고 일터로 나가는 사람들의 마음을 백분의 일이나마 느낄 수 있었다. "나 인스타 정말 다시 하고 싶지 않아."라고 징징거리고 다녔다.

 그러나 막상 앱을 다시 깔고 이 세계로 돌아오니 그간 보지 못했던 장점이 보였다. 시간 낭비하지 않아 좋다고 생각했지만, 업로드를 위해 사진을 찍는 시간 동안만큼은 일상을 좀 더 자세히 들여다볼 수 있었다. 고작 커피 한 잔도 아름다운 이미지가 되면 맥락이 생겨났다. 나쁜 기억력 탓에 금방 휘발되어버리는 친구와의 사소한 대화는 물론 엄마 아빠의 귀여운 순간도 기록으로 남았을 때는 오래오래 생생하게 만져졌다. 그제야 이 세계의 존재 이유를 조금 알 것 같았다.

책 홍보만 끝나면 앱을 다시 삭제하겠다는 다짐은 번복해야만 했다. 호언장담하고 다닌 것에 비하면 너무 쉬운 번복이라 영 폼이 안 났지만, 어쩔 수 없었다. 난 원래 세련된 사람이 아니니까. 양극단으로 떠내려가지 않고 중간 정도 선에서 유유자적 살고 싶지만 아직은 그런 재주가 없다. 일단은 열심히 사각 프레임 안에 내 일상을 욱여넣으면서 중간의 어느 선을 잘 타보는 재주를 키워볼 셈이다. 지겹게도 나에 대해 말하고 싶은 백가연과 그런 백가연이 지긋지긋해서 도망가는 내가 있다. 아마도 당분간은 그 둘을 오가며 살 것 같다.

스며들듯 천천히,
그리고 밀도 높게

       인생의 큰 변화들을 별다른 준비 없이 맞이하기는 했지만, 영국행은 말 그대로 '눈떠보니 옥스퍼드'였다. 어학연수 이야기가 나온 건 1월이었고, 이왕이면 해가 긴 계절에 머물고 싶어서 3월에 출발하는 일정이 좋겠다고 마음 편하게 생각했다. 이후 비자 발급까지 아주 일사천리였다. 얼떨떨했지만 싫지 않았다. 어영부영하다가 기회를 놓치고 싶지 않았고, '사람 사는 데 다 똑같다는데 어떻게든 되겠지' 하는 태평한 생각이나 했다.

       그러나 그런 허세는 채 한국을 떠나기도 전에 끝나고야 말았지. 런던행 비행기에 타자마자 머나 먼 땅으로 떠나는 것이 실감이 나서 엉엉 울었다. 유럽은 한 번도 가본 적 없었다. 한국에 있는 가족들, 친구들을 1년이나 못 본다고? 정말로? 옆자리의 처음 보는 백발의 외국인 할머니가 나를 달래주셨다. 왜 우냐고 묻길래 부족한 영어 실력으로 눈물 콧물 흘려가며 "세이 굿바이 투 마이 패밀리"라고 대답했다. 돌이켜보면 그 할머니는 내가 가족과 영원한 이별을 했다고 생각했을지도 모르겠다.

옥스퍼드에서는 어학원을 다녔다. 이름하여 School of English. 첫날, 어학원에서는 나와 같은 날 입학한 학생들을 모아놓고 간단하게 오리엔테이션을 진행했다. 별다른 준비 기간을 두지 않고도 영국행을 택할 수 있었던 건 스스로를 믿었기 때문이었다. 그때만 해도 극 외향형 성격을 지녔던 나는 친구 사귀는 일이 세상에서 제일 쉬웠다. 스킨스, 마이 매드 팻 다이어리 등 영국 드라마를 보며 키웠던 환상에 나를 대입했다. 브리티시 미남들과 편하게 친구가 되고, 그렇게 하하 호호 떠들다 사랑에 빠지는 모습을 주로 상상했다.

그러나 준비가 없이 갔다는 것은 미남은 고사하고 그 누구와도 영어로 대화를 나눌 수 없다는 것을 의미했다. 오리엔테이션 내내 스페인, 이탈리아, 스위스에서 온 사람들끼리 나를 빼놓고 영어로 대화를 나누었다. 정통 한국식 문법용 영어 공부만 해왔던 나는 꿀 먹은 벙어리가 되었다. 얼른 적응하고 친구를 사귀어야 한다는 강박감에 온몸이 경직되었다. 눈치껏 끼어들려고 해도 도저히 타이밍을 잡을 수가 없었다. 대충 대화의 흐름을 파악하고 마음속으로 문장을 정리하면 이미 그들은 다음 주제로 넘어가 있었다. 평생 분위기를 주도하는 삶을 살다가 변방에서 눈치를 보고 어색한 웃음만 짓고 있으려니 서러움이 밀려왔다.

일정이 끝난 후, 스타벅스에 가서 혼자 펑펑 울었다. 스타벅스야말로 그 먼 타국에서 유일하게 위안이 되는 장소였다. 우는 내 목소리를 수화기 너머에서 들은 아빠도 이런 내가 안쓰러웠는지 정 힘들면 지금이라도 돌아오라고 말했다. 정말로 돌아가고 싶었다. 그러나 그럴 수 없었다. 이미 SNS에 잔뜩 자랑을 하고 왔기 때문이다. 초반 한 달은 정말로 자존심과 오기만이 나를 그곳에서 버티게 했다.

영국까지 온 이상 적응을 해야 했다. 언어의 힘을 빌리지 않은 발가벗은 나로 다시 시작하는 기분이었다. 내가 하는 생각, 내가 말하는 단어들 모두 내 것인 줄로만 알았으나 사실은 아닐지도 모른다는 생각을 처음으로 해보았다. 빈털터리에 불과한 내가 그동안 '한국어'라는 언어를 잠깐 빌린 것이 아니었을까. 한국어를 반납해버린 나는 모든 과정이 조심스러웠다. 타인과 친해지는 방식을 처음부터 다시 설정해야 했다. 덕분에 태어나서 처음으로 천천히 사람을 알아가고, 스며들듯 친해지는 법을 배웠다. 처음부터 모든 것을 공개하는 것이 아니라 조심스럽게 일상을 공유해나갔고, 나의 의견을 장황하게 말하는 대신 다섯 마디 정도로만 줄여서 말했다.

그렇게 영국 생활을 시작하며 '듣는 사람'이 되었다. 능숙하지 않은 영어로 한 시간 정도 말하고 나면 기가 다 빠져나갔고, 집 생각이 간절했다. 침대에 누워서 가만히 쉬고만 싶었다. 처음 겪어본 세상이었다. 말하기보다는 듣는 세상, 사람을 만나면 집에 가고 싶은 세상, 내 의견은 조금만 말하는 세상. 성격상 새로운 언어권에 들어가지 않고서는 절대 하지 못할 경험들이었다.

한국에 있는 친한 친구들은 내성적인 성향이 많았다. 사람을 만나고 대화를 하는 일이 자신의 에너지를 깎아먹는다고 말했던 친구들의 이야기가 새삼 생각났다. 그들도 나의 속도에 맞추고, 때로는 '감당'이라는 표현이 맞을 만큼 내가 쏟아내는 이야기를 들어줬겠지. 장황하고도 빠르게 떠들던 나 때문에 누군가는 입가에 어색한 미소만 짓고 불편한 자리를 견디지는 않았을까. 친구들의 얼굴을 자주 떠올렸다.

3개월 정도가 흐른 후, 임시 말 적은 인간은 환경에 놀랍도록 적응했다. 언어도 꽤 늘었다. 반년이 지난 후에는 한국에서의 내 모습에 50% 이상 가까워졌다. 오죽했으면 친하게 지내던 프랑스 친구가 "가연, 너는 한국어를 하면 말이 더 많니?"라고 물어올 정도였다. 눈치도 없이 '당연히 한국어로 훨씬 더 많으며, 지금도 영어로 하고 싶은 말을 다 못해서 힘들다'고 대답했다.

새로운 세계를 열어주었던 옥스퍼드의 일도 벌써 꽤 먼 과거가 됐다. 그렇지만 한국어를 하면 더 말이 많냐고 물어온 프랑스 친구는 물론, 스위스, 베네수엘라, 일본 등 여러 나라의 친구들과 나는 여전히 서로의 안부를 묻고 안녕을 바라며 지낸다. 옥스퍼드라는 유일한 교집합을 떠나오면 끝일 줄 알았던 인연의 생명력이 꽤 길다. 조금씩 보여주고 조금씩 친해지며 우리는 꽤 공고한 관계의 성을 쌓아왔다.

나를 구성하는 것들이 온전히 내 것이 아님을 안다. 언어를 잃었던 내가 또 다른 언어를 찾아가는 시간 동안 배웠던 태도 덕분이다. 그러므로 언어를 가지고 있는 지금도 자만하지 않고 지키고 싶은 것들이 몇 가지 생겼다. 장황하게 떠들기보다는 경청하기, 처음부터 모든 것을 다 보여주려고 들기 전에 상대의 속도에 맞추기. 스며들듯 천천히, 그리고 밀도 높게. 그렇게 기초 공사가 튼튼한 관계를 만들어가기.

레이스 밖 구경꾼

지금 살고 있는 서울과 본가가 워낙 멀기 때문에 온 가족이 모여 식사할 수 있는 자리는 일 년에 몇 번 없다. 그런 자리에서마저 나는 꼭 휴대폰부터 들이민다. 음식 사진을 찍어야 하기 때문이다. 가족들도 처음에나 의아해했지, 지금은 내가 사진을 다 찍을 때까지 수저 하나 건드리지 않고 얌전히 기다려준다. 이리저리 각도 바꿔가면서 몇 장씩이나 찍어대는 나를 물끄러미 보던 아빠가 어느 날에는 사뭇 진지한 얼굴로 물었다. 우리 가연이 이다음에 커서 사진가가 될 거냐고. 벌써 몇 년 전 일이 되었지만, 그 질문을 받았을 때도 나는 이미 이십 대 후반이었다. '이다음에 커서'라는 전제 자체가 말이 되냐고, 언제 공부해서 언제 사진가가 되겠냐는 대답으로 대충 넘어갔지만 그의 얼굴에 스며 있던 진지한 궁금증, 기대감 같은 것들이 가끔 떠오른다. 아빠 눈에는 아직도 내가 뭐든 다 할 수 있는 나이인가. 30대인 나는 여전히 이다음에 커서 뭐라도 될 수 있을까.

29살 가을, 대학원에 입학했다. 다른 친구들은 진작 회사에 다니던 시기였다. 불안했지만 사회에서 정의하는 나이 같은 건 제쳐놓고, 일단 해보자고 생각했다. 사실 그건 내가 능동적으로 제쳐놓았다기보다는 나이를 중심으로 달려 나가는 레이스에서 떨어져 나온 것에 가까웠다. 20대 중반이라면 마땅히 이뤄야 하는 것들, 30대 초반에 이뤄야 하는 목표 지점들이 명확히 정해져 있는 그런 레이스. 이후 선택한 것이 대학원이었다. 취업 불발로 인한 도피성 진학이었으니 학업에 큰 뜻이 있지는 않았다. 졸업 이후에는 알량한 자격증이나마 나오는 학과라는 것이 내 선택의 이유였다.

입학하고 나니 차라리 마음은 홀가분했다. 어

차피 늦어버렸다는 생각이 들었기 때문이다. 이미 늦은 거, 다시 그 힘겨운 레이스 안으로 들어가고 싶지 않았다. 그렇다고 열심히 달리고 있는 친구들을 끌어내리고 이쪽으로 오라는 말을 하고 싶은 마음은 더더욱 없었다. 우리는 각자의 인생을 사는 거니까. 달리느라 목마른 친구가 있다면 물 건네줄 수 있으면 되고, 그만하고 싶어 하는 친구가 있다면 꼭 그 레이스 위에 있지 않아도 그냥저냥 살아갈 수 있다는 것을 보여주면 된다.

지나온 인생 회고하며 후회하는 멋없는 행동은 하고 싶지 않지만, 레이스 밖 구경꾼이 되고 나서야 20대 후반 몇 년이 아깝다는 생각이 들었다. 그때는 제대로 옷을 꿰어 입지도 못하고 도착지도 모른 채 헐레벌떡 뛰어다녔다. 기자 준비를 오래 했었다. 그만두기 직전의 몇 개월은 특히 별로였다. 가능성의 영역에만 머무른 채 '언젠간 되겠거니' 하는 생각으로 시간을 보냈다. 서류가 통과되고 필기시험이 잡히면 전날 새벽까지 술을 마셨고, 정신도 못 차린 채 시험장에 갔다. 나의 불합격은 지독한 숙취 때문이라고 적당히 핑계 대고 싶은 마음이었다. 어제 일찍 잤으면 붙었을 거라는 아무도 웃지 않는 농담이나 해댔다. 사실은 몇 개월 치의 애매한 마음과 태도가 누적된 결과인 것을 알고 있었으나 아픈 진실은 외면하고 싶었다.

붕 뜬 마음을 타고 여기 기웃, 저기 기웃거려도 봤다. 하지만 '아직 이런 거 할 때가 아니겠지' 하고 애써 의욕을 접은 적만 여럿이었다. 시간은 자꾸만 흐르는데 아무것도 이룬 게 없는 것 같아 조급해졌다. 주위를 곁눈질해 보면 나만 빼고 다 저기 앞 코너를 이미 돌고 있는 것 같았다. 아빠는 그때도 지금이랑 비슷한 말들을 하셨다. 인생은 길고, 너는 아직도 너무 어린 나이라고, 하고 싶은 것이 있다면 도전해보라고. 애석하게도 그 시절 나에게는 60년대생의 조언이 별로 와닿지 않았다. "아빠 눈에 나는 당연히 어려 보일 수밖에 없는 거잖아. 아빠는 아무것도 모르잖아."라고 삐딱한 사춘기 학생같이 굴 뿐이었다.

하지만 그렇게 빈정거리면서도 누군가의 한마디가 절실하기도 했다. 그리고 그 위로는 아빠가 아니라, 나보다 2~3살 많은 또래의 연장자에게 듣고 싶었다. 우리는 아직도 너무나 어리다는, 어떤 것을 시작해도 전혀 늦지 않으니 천천히 고민해보라는 그 가능성의 말. 그러나 내가 20대를 지나올 때 그들 역시 30살이 채 되지 않았을 어리고 불안한 시기였다. 다들 자기 생 하나 건사하기 바빴다. 어쩌면 같은 레이스 위에서 같은 골인 지점을 향해 달려 나가고 있었겠지. 그들을 바라보며 몇 년이 지나도 지금과 비슷한 문제로 고통스러울까 싶어 인생이 갑갑하게도 느껴졌다.

    만 나이를 계산해보아도 숫자 3을 떨어뜨릴 수 없는 지금에야 아빠가 예전 나에게 왜 그렇게 말했는지 얼핏 알 것도 같다. 남들처럼 살아보려다 정말로 나답게 살 수 있는 순간을 외면하지 말라는 뜻이었겠지. 오래 준비하던 시험을 그만둬야겠다고 결심한 후, 미련이 하나도 없었다. 되레 '왜 더 빨리 놓지 않았을까?' 하는 후회는 해본 적 있다. 남들 사는 것처럼 살아보려다 스스로 만든 고난이라는 것을 떠나보내고 나서야 알았기 때문이다.

지금 와서 생각해보면 과거의 나는 기자가 되고 싶다기보다는 그저 평생 읽고 쓰는 사람이 되고 싶었다. 하지만 그때는 내가 정확히 어떤 삶을 원하는지 잘 몰랐다. 가난한 상상력 안에서는 기자야말로 최선의 직업이었으나 닿고 싶은 그림이 희미했던 나는 조그만 충격에도 크게 흔들렸고, 마른 흙을 퍼내듯 의미 없는 삽질을 했다. 열심히 공부하고 집에 돌아가는 길에도 조금씩 허탈했다. 인턴 기자 일을 하고 나서는 더했다. 조금이나마 현장에서 겪어보니 절대로 이 일을 평생 할 수는 없겠다는 생각이 절로 들었다. 근무 마지막 날에는 동기들 하나하나 붙잡고 앞으로도 계속 기자 준비를 할 것이냐고 물었다. 나를 제외한 모두가 큰 망설임 없이 그렇다고 대답했다. 너는 어떻냐고 되물어오는 말에는 "난 자신이 없어. 잘 모르겠어."라고 말할 수밖에 없었다.

지금은 조금 다르다. 당장 마음에 차지 않는 일을 해도 덜 흔들린다. 그때보다 육체적, 정신적으로 시달릴 때가 훨씬 많지만 방향성이 맞다면 일시적인 괴로움은 기꺼이 감당한다. 어떤 결실은 고통을 감당한 몫으로 주어지기도 하니까.

물론 여전히 조바심으로 뒤척이며 잠 못 이루는 새벽이 찾아오기도 한다. 레이스 안쪽을 기웃거리며 저들과 함께 달려야 하는 건 아닌가 의심한다. '그럴듯한 인생'이 무엇인지 정확히 정의 내리지도 못하는 주제에, 그런 인생에서 아주 멀어지는 건 아닌가 하는 두려움이 엄습하는 순간이 있다.

그럴 땐 지금의 내가 몇 년 전의 나를 안타까워하듯 스스로를 달랜다. 너무 멀지 않은 5년 후의 내가 되어, 지금의 나에게 말한다. 남들 사는 것처럼 살아보려다 정말 나답게 살 기회를 놓치지 말라고. 아직도 할 수 있는 일이 많다고.

나는 지금 나 자신으로 가고 있다.

담배, 위스키, 한솔이

　　　　며칠 전, 친구가 바쁜 시기가 지나면 뭐부터 할 거냐고 물어왔다. 논문 막바지 과정을 지나고 있어서 정말 밥 먹고 논문 쓰는 일 외에는 아무것도 엄두가 나지 않는다. 밥마저 연구실 책상 위에서 자료를 보며 먹는 경우가 잦다.

"글쎄… 그냥 책 읽고, 영화 보고, 그러다 술 마시고, 가끔 운동하고, 또 책 읽고… 하루 종일 그럴 거 같은데…" 눈은 그대로 모니터를 응시한 채, 잠깐 고민하다 대답했다. 말하면서도 '너무 일상적이고 별 볼 일 없는 것들이네' 싶었다. 분명히 버킷 리스트에 꽤 거창한 것들을 써두었지만 그 순간에는 딱히 기억이 나지 않았다.

대답한 것들이 나의 하루에 존재하던 순간들을 떠올려본다. 적어도 불행하다고 느꼈던 적은 없는 것 같다. 불행의 몇 조건을 갖추고 있을 때조차 괴롭지 않았다. 영화 〈소공녀〉를 몇 번이나 보며 나의 담배, 위스키, 한솔이는 무엇일까 자주 고민했다. 주인공 미소는 의식주조차 확보되지 않은 상황에서도 '담배, 위스키, 한솔이'만이 자신의 위안이라고 말한다. 많은 것을 내려놓아야 할 때도 꼭 붙들고 싶은 존재. 미소는 그 존재를 알고 있었다. 나 역시 그것만 잘 알아둬도 인생이 훨씬 쉬워질 것 같았다.

버킷 리스트에 책을 읽고, 영화를 보고, 운동하겠다는 내용을 적는 사람은 드물겠지. 내가 그랬듯 대부분 멀리 여행을 떠나는 일이나 번지 점프 같은 짜릿한 순간을 적을 것이다.

그러나 나조차 알아차리지 못할 정도로 언제나 일상 속에 녹아 있는 존재들이 있다. 함께하는 동안

한 번도 불행하다고 느껴본 적 없는 것들. 이런 일들이 나의 담배이자 위스키이자 한솔이지 않을까. 나는 이런 것들을 통해 비로소 숨 쉬고 살아가는 것 아닐까. 그런 생각을 했다.

내향적 외향 인간

　　　　　코로나가 나만 비껴갈 리는 없으니, 나 역시 그 영향권 아래에 있다. 두말할 것 없이 얻은 것보다는 잃은 게 많다. 당장 부모님부터가 자영업자다. 개인적인 외부 일정조차도 코로나 확산 정도에 따라 조정하고 있는데, 생일 즈음에는 확산세가 심해져서 친구들과 함께하는 축하 자리도 대폭 줄여야 했다. 생일 핑계로 보고 싶은 얼굴들 마주하는 게 일 년 중 가장 큰 낙인지라 아쉬운 마음이 컸다. 그러나 잃는 게 있으면 얻는 것도 있지. 이 와중에 간신히 얻은 것이 있다면 내가 혼자서도 꽤 재미있게 지내는 인간임을 알게 되었다는 사실이다.

몇 년 전까지만 해도 확신의 외향 인간이었다. 어딜 가나 반장을 하는 애. 어떤 모임에서도 가장 먼저 마이크를 잡는 애. 외향적이라는 것이 외부에서 에너지를 얻고 외부 세계에 더 큰 관심을 가지는 성향을 가리킨다면, 내향적이라는 것은 자신의 내부에서 그 힘을 얻는 성향을 뜻한다고 한다. 그러고 보니 2년 전을 기점으로 MBTI 검사 결과가 꽤 신기하게 변하고 있다. 정확히 주기를 정해두지는 않지만 평균적으로 반년에 한 번쯤은 MBTI 검사를 해보는데, 점점 E(외향)의 비중은 줄어들고 I(내향)의 비중이 커지는 것이다. 지난달이 마지막 검사였는데, 20대 초반에는 내 안에 15% 정도밖에 되지 않던 내향적 특성이 현재는 45%까지 늘어났다.

무엇보다 칩거 생활을 이어가며 내 인생에 그렇게 많은 사람이 필요하지 않다는 사실을 깨닫게 되었다. 가까운 친구들에게 "나 외향적으로 보이지만 실제로는 꽤 내향적인 사람인 것 같아."라고 대단한 발견이라도 한 양 말하면, 정작 그들은 이제야 그걸 깨달았냐고 되물어오는 게 재밌다. 10대 때부터 날 봐온 친구는 "넌 내향을 넘어서, 사실 꽤 폐

쇄적인 편이지."라는 평을 내놓기도 했다.

　하긴 나는 친하지 않은 사람과 단둘이 남겨지는 걸 아주 어려워한다. 어색함을 숨기려고 아무 말이나 하다가, 제일 가까운 친구에게도 말하지 못한 비밀까지 술술 분 적이 몇 번 있다. 정작 상대는 궁금해하지도 않았는데. 지인끼리 있는 자리에 누군가 갑자기 자기 애인을 부르면 입을 꾹 다물고 있거나, 짐을 챙겨 살짝 자리를 뜨는 경우가 대부분이다. 그 누구도 속아 넘어가지 않을 변명이나 대며. 지금껏 이런 짧은 순간들은 커다란 외향성에 잘 묻혀왔다. 하지만 이제는 까먹을 수도 없을 만큼 내향의 비중이 늘어났다. 세상사 피곤해서 그런 것도 같고, 내 안의 목소리에 좀 더 비중을 두게 돼서 그런 것도 같다. 이유야 뭐가 됐건 절반의 외향성과 절반의 내향성이 꽤 멋진 비율이라는 생각이 든다. 타인과도 어려움 없이 잘 지내고, 자기 자신과도 가까이 지내는 사람을 설명하는 말 같아서.

　요즘은 새로운 사람과 친하게 지내려는 노력을 굳이 하지 않는다. 요즘이라고 말하지만 그렇게 된 지 조금 됐다. 내가 관계를 돌보는 데 최선을 다할 수 있고, 더불어 스스로에게도 최선을 다할 수 있는 마음의 일정한 용량이 있다면 지금은 딱 물이 찰랑찰랑하게 가득 찼다. 사실은 좀 더 비워내고 싶을 때도 있다. 그 공간에는 상념과 외로움이 자리 잡겠지만, 그것들을 통해서 얻고 싶은 것도 있기 때문에.

없는 자리 어떻게든 쥐어짜내서 만들면 내 목소리를 잘 들을 수 없을까 봐 조금 겁난다. 특히나 시간적인 여유가 있는 동안에는 더더욱 내 목소리를 들어두고 싶다. 귀 닫고 살겠다는 이야기는 아니고, 그간 못 맞춘 비중을 좀 맞춰보고 싶어서. 이러다가도 정말로 알아가고 싶은 세계를 발견한다면 내 자리를 좀 비워내서라도 그 사람의 세계로 걸어 들어가겠지만. 어쩌면 그 세계를 만나기 위해 지금 잠깐 숨 고르기 하는지도 모른다.

고작 생일 파티 못 해서 아쉽다고 말하는 주제에, 내향적인 면에 대해서 떠들어대다니 우습다. 솔직히 말하면 태어나서 처음 느껴보는 감각이라 좀 들뜨는 것도 있다. 혼자 지내는 재미가 이런 거구나. 매번 신기해서 일기에도 쓰고, 친구에게도 말한다. 요즘 같아서는 내가 나라는 친구를 새롭게 사귀는 느낌이다. 대전염병 시대에 더욱더 친해진 이 친구와 오래오래 가깝게 지내고 싶다.

닭이 먼저인지, 달걀이 먼저인지

　　　　　인과 관계를 따지기 애매한 일들이 종종 있다. 예컨대 달걀이 먼저인지 닭이 먼저인지. 청소와 삶의 정갈함도 마찬가지로 느껴진다. 청소 덕분에 마음까지도 단정해지는 것일까? 아니면 마음에서 나오는 어떤 '힘'으로 청소를 할 수 있는 것일까?

　　매일 아침, 큰일이 없으면 창문을 활짝 열고 청소기를 집어 든다. 소형 청소기를 사고 나서는 청소하는 마음이 더 산뜻하다. 크지 않은 집안이지만 구석구석을 산책하듯 쓱쓱 밀고 다닌다. 청소는 먼지를 쓸고 닦는 데서 끝이 아니다. 굳이 따지자면 나는 눈에 잘 보이지 않는 먼지보다는, 확실한 보람을 안겨주는 정리 정돈에 더 큰 비중을 둔다. 전날 새벽 미처 다 정리하지 못한 책상 위를 정리하고 나면 그렇게 뿌듯할 수가 없다. 뒤이어 거실과 부엌까지 착착 정리 끝. 친구들도 우리 집에 오면 제일 먼저 놀라는 것이 깨끗하다는 점이다. 왜 놀라지? 나 더럽게 생겼니?

청소가 생활의 일부가 된 게 언제부터였더라. 분명 어릴 땐 엄마에게 '방에서 귀신 나오겠다'는 말을 꽤 들었던 것 같은데. 그렇게 보기 싫으면 내 방 문을 닫고 있으면 되지 않느냐는 말을 했다가 5분 혼나고 끝날 일, 30분 정도 혼났었다. 쓸고 닦고 정리하는 습관이 몸에 본격적으로 배기 시작한 것은 기나긴 백수 생활의 어느 날부터였다. 삶의 많은 변곡점들이 그때를 기점으로 생겨났다.

당시에는 별의별 일이 다 내 마음을 서글프게 했는데, 어느 날에는 한참 공부를 하다 문득 방 꼴을 보게 되었다. '꼴'이라는 표현이 딱이었다. 침대에는 이불과 베개가 한데 섞여 있었고, 책과 옷은 바닥에 널려 있었다. 책상 위도 별 다를 바 없어서 며칠 전에 마신 커피 잔이 아직도 놓여 있었다. 지저분한 내 공간 때문에 마음이 바닥으로 내려앉았다. 청소 하나에 지나치게 자아 의탁하는 스스로가 우습다고 느끼면서도 현재 나의 심리 상태나 삶에 대한 태도가 이 조그마한 공간에 대변되는 것만 같았다. 공부도 좋고, 취직도 좋지만 내 공간 하나 관리 못 할 만큼 정작 눈앞의 오늘은 대충 살고 있는 것 같아 서글퍼졌다. 여기에서 대충은 열심의 반대편에 있는 말이 아니라, 애틋의 반대말이자 무신경과 동의어.

그날을 기점으로 스스로 우습다고 생각하는 과잉 자아 의탁에 빠지기 전에 미리미리 정리하고 쓸고 닦고 한다. 별의별 이유로 서글퍼질 수 있는 나를 위한 사전 예방책이다.

여전히 청소와 삶의 인과 관계는 잘 모르겠다. 누구는 청소 없이도 잘 살 테지. 또 다른 누군가는 아무리 청소를 열심히 해도 삶이 정돈되는 기분은 들지 않을 테고. 다만 나에게 하나의 기준은 된다고 말할 수 있겠다. 각자의 잘 산다는 기준이 다르겠지만, 나는 이런 방식으로 오늘도 큰 문제 없이 살고 있음을 가늠해본다.

각자의 행복

적어도 내가 꿈꾸는 행복의 형태가 무엇인지는 알고 행복을 바라는 사람이 되어야지. 우리에겐 각자의 행복이 있으므로.

네 글은 순수하잖아

첫 책을 내고 나니 SNS를 통해서 연락을 주시는 독자분들이 종종 계셨다. 얼굴 한 번 뵌 적 없는 분들이 내 책을 잘 읽었다는, 앞으로도 계속 써달라는 다정한 말들을 해 주셨다. 건네주시는 따뜻한 문장을 마주하고 있노라면 대단치 않은 글에 너무 과분한 마음이 아닌가 싶어 부끄럽기도 했다. 자기 인생 하나 돌보기 쉽지 않은 이 세상에서 누군가에게 시간을 들인다는 것이 얼마나 귀하고 어려운 일인지 잘 알고 있다. 귀하고 어려운 마음에 돌려드릴 수 있는 건 고작 답장 몇 줄뿐이지만, 할 수 있는 최선을 다한다.

책이 처음 나왔을 때, 엄마에게 절대로 주위에 보여줄 만한 내용이 아니니 혼자만 읽으라고 신신당부했었다. 나야 누가 어떤 식으로 읽든 상관없지만, 딸이 인생의 한 시점에 오래 마음 아파했다는 사실을 주변 사람들이 알게 된다면 괜히 속상하진 않으실까 걱정이 됐다. 그러나 엄마는 당신의 친구는 물론, 당신이 다니는 절의 주지 스님에게까지 책을 선물했다. 그들의 감상까지도 전부 전해주는 엄마 덕분에 나는 엄마의 친한 친구인 민재 이모가 내 책을 읽고 훌쩍훌쩍 울었다는 소식까지 알게 되었다. 민재 이모는 책에서 깊은 사랑이 느껴져서 눈물이 났다고 하신다. '실패일기'라는 책 제목과 '깊은 사랑'이라니. 얼핏 보면 참 어울리지 않는 두 단어다. 그러고 보니 책을 읽고 울었다는 이야기를 자주 전해 들었다. 그 의미를 다 헤아릴 수 없겠지만 한 명 한 명 찾아가 눈물을 닦아주고 싶었다.

동시에 의아하기도 했다. 검증된 작가와 책들이 넘치고 넘치는 세상에서 그분들은 어쩌다 내 책을 만났고, 좋았다고 말해주실까. 이런 맹한 질문에 아마도 내 책을 열 번은 읽었을 열성 팬 박덕금 씨는 아주 단순하고 명쾌하게 대답해준다. 네 글은 순수하기 때문이라고. 그 뒤에 따라올 여러 설명들이 있겠지만, 서둘러 대화를 마무리해버린다. 엄마가 말한 '순수'가 가지고 있는 의미를 마음껏 상상해보고 싶기 때문이다.

순수하다는 것은 뭘까. 때때로 엉망일지라도 쓸 수 있는 한 가장 솔직한 마음들을 썼다면 읽는 이에게 순수한 문장들로 다가갈 수도 있지 않을까. 그러다 읽는 마음과 쓰는 마음이 꼭 들어맞는 순간이 있지 않았을까. 사실 아직도 나는 내 글이 순수하다는 판단은 할 수 없다. 완전히 솔직하지는 못할 때가 잦아서. 허영도 묻어 있고, 자기 포장도 있으니까. 그래도 노력은 조금 해본다. 허영을 부렸다 싶으면 다음 날엔 허영 덩어리인 나에 관해 쓴다. 자기 포장을 한 후에는 내가 얼마나 별로이며 가증스러운 인간인지에 대해서 스무 문장 정도 써본다.

여전히 궁금한 것들이 많다. 하지만 너무 많은 질문은 삼켜본다. 아무리 자세히 말해준다 한들 한 사람의 인생 안에서만 이루어질 수 있는 흐름과 판단을 완전히 이해할 수는 없을 테니까. 내가 써 내려간 글은 각자가 처한 상황에서 각자의 맥락으로 읽혔을 것이다. 책을 읽는 일은 어쩌면 쓰는 사람과 읽는 사람의 인생이 얽히고설키는 순간들의 총합인지도 모르겠다.

이해할 수 없는 것을 이해하려 들기보다는 그저 앞으로 어떻게 써나갈 수 있을지 고민한다. 이것만이 내가 할 수 있는 일이니까. 평생까지는 장담할 수 없어도, 아직은 쓰는 일을 사랑한다. 감정과 생각과 논리의 조각들. 그걸 끌어모아 골똘히 고민해보는 시간. 꼭꼭 씹어 나의 언어로 바꿔보는 과정. 그 모든 고요의 순간들. 그런 것들이 정말로 좋다.

'어떻게'라는 방향성을 잡기도 버거운 날에는 '네 글은 순수하잖아'라는 엄마의 말을 떠올려본다. 그래, 오늘 실수하면 내일 만회하면 되지. 내가 쓸 수 있는 가장 솔직한 문장들을 나의 호흡으로 쓰면 되지.

긍정 40%, 무게감 60%

　　　　학위 논문만으로도 벅찬데, 교수님께 학술대회 제안을 받았다. 책 개정판 작업은 학교에 밀려서 가장 뒷순위가 되었다. 이외에도 꾸준히 하고 있는 운동과 매주 제출하는 에세이까지. 시간이 진짜 100m 달리기하듯 돌아간다. 보고 싶은 사람만 좀 참아도 숨 돌릴 시간이 좀 나겠지만 그렇게까지 퍼석퍼석하게 살고 싶지는 않아서, 크게 무리가 되지 않는 선에서 사랑하는 얼굴을 들여다본다.

　　신기한 건 이런 상황에서도 나 자신을 괴롭히는 느낌은 없다는 점이다. 심지어 약간 즐거워하면서 모든 일을 대하고 있다. 웃는 얼굴로 친구와 농담을 주고받고, 학교를 오가는 버스에서 책을 읽는다. 적어도 나의 경우, 마음의 척박함과 비옥함은 시간적 여유에서 결정되는 게 아닌 것 같다. 물론 다른 데서 시간을 좀 끌어오기도 했다. 의미 없는 술자리, 궁금하지 않은 사람과의 대화, 몇 시간이고 무심한 눈빛으로 들여다보던 텔레비전 같은 것들은 포기했다.

지금 이 과정이 인생에서 맞이하는 첫 번째의 고난이었으면 어땠을까. 진작 때려치웠거나, 그마저도 여의치 않을 때는 연인이라도 만들어서 의지했겠지. 감당하기 어려운 내 불안과 피곤을 모두 그 사람 몫으로 떠넘겼을지도 모른다. 처음이 있기 때문에 두 번째가 있고, 처음보다는 훨씬 마음 쓰는 일이 여유롭다. 하지만 인생의 첫 고난이라고 부를 수 있는 시간이 있어서 다행이라는 말을 하고 싶지는 않다. 그건 그때의 나에게 너무 잔인하니까. 어쨌든 그 시간을 통과하며 내 인생도 어느 정도 거리를 두고 관조하듯 바라볼 수 있게 되었고, 감사한 순간에 정확히 감사할 수 있게 되었다.

어느 순간부터는 기회가 찾아왔을 때, '안 될 거야'라는 체념에 가까운 판단은 하지 않는다. 물론 무조건 될 거라는 생각은 더더욱 하지 않는다. 큰 낙관도 비관도 없다. '일단 해보지 뭐' 마음먹고 그저 콧노래나 부르며 다이어리를 펴서 일정부터 가늠해본다. 오늘은 이만큼, 내일은 또 이만큼. 미리부터 실패 확률을 가늠해보며 괴로워하는 것 역시 그만둔 지 꽤 되었다. 요즘의 나는 '할 수 있다'는 긍정 40%와 '해야 한다'는 무게감 60%의 감각으로 움직인다. 무한한 긍정이 모든 걸 해결해줄 수 없고, 무게감은 과해지면 짓눌려서 질식하기 딱 좋으니까. 둘 중 후자에 살짝 힘을 더 싣는다.

겁먹고 아무것도 안 하기보다 일정대로 움직이다 보면 오늘과 일주일 후는 분명히 달라져 있다는 걸 이제는 안다. 대학원이라는 곳에 들어와 매 학기를 마무리하면서도 느낀 일이지만, 근력 운동을 하면서도 느꼈고, 달리면서도 느꼈다. 당장 1분 더 뛴다고 다음 날 내 다리에 멋진 근육이 생긴다거나 살이 한 움큼 빠지는 일은 없지만, 할 수 있는 만큼 조금씩 뛰는 시간을 늘리다 보면 한 달 후의 나는 20

분을 달릴 수 있는 사람이 되어 있었다.

 극적인 변화는 세상에 별로 없는 것 같다. 촘촘한 하루하루가 쌓여서 일 년 후가 되면 그게 꽤 극적으로 보일 뿐.

빛을 좇는 사람들

　　　　　가연아. 너는 한때 낙관적인 사람들을 우습고 유치하다고 생각했었지. 아무 생각 없이 꽃노래나 부르니까 한가하게 희망에 대해 떠들 수 있는 거 아니냐고 냉소적으로 판단했었어. 충고 하나 해주자면, 그런 생각을 했다는 사실을 엄청나게 부끄러워하게 될 거야. 다행히도 이제는 완전히 생각이 바뀌었거든. 정말로 쉬운 일은 그때 너처럼 팔짱이나 끼고 앉아서 남의 인생에 대해 이러쿵저러쿵 떠드는 일이야. 말은 언제나 쉽잖아.

　살면서 매 순간 깨닫는 사실이 있어. 삶은 절대로 캘리포니아 해변 같지 않다는 것. 산다는 건

오히려 사람을 자꾸자꾸 비관적으로 만들고, 우울한 생각에 빠져들게 하는 영국의 날씨 같을 때가 더 많다는 것. 세상사 뜻대로 되는 일 하나 없고, 삶이 너에게만 이렇게 제멋대로일 리 없다는 자명한 사실을 떠올릴 때마다 너는 절로 겸손해졌어. 낙관을 말하는 이들의 단단한 마음을 함부로 이야기할 수 없게 됐지.

어떤 상황에서도 자신의 중심을 잡고, 구름이 가득한 날에도 희망을 말하는 사람들이 있어. 주어진 환경이 변하지 않는다면 나의 하루라도 내 마음이 이끄는 방향으로 데리고 가는 사람들. 이들이야말로 생을 위해서 치열하게 노력하고, 자신을 강하게 지켜내는 것 아닐까.

너는 어릴 때부터 유독 주위의 기운에 쉽게 전염되는 사람이었어. '다시 한번 해보자'고 말하는 사람들 곁에 있으면 앓던 고민의 무게마저 가벼워졌어. 방금까지 엉엉 울며 주저앉아 있던 것도 잊고, 덩달아 산뜻한 발걸음을 내디뎠지. 지금 너와 가까운 친구들은 대체로 낙관적이야. 무턱대고 희망을 떠드는 것이 아니라, '그럼에도 불구하고' 빛을 좇는 사람들이라고 할 수 있어.

 너는 그런 사람들 덕분에 살게 돼. 네가 한때 우습게 말하고 쉽게 판단했던, 사실은 아주아주 강한 마음으로 자신의 인생을 끌고 나가는 사람들 덕분에.

사라질까 무서울 만큼 소중한 지금

나이 드는 일 누가 좋아할까마는 나는 아주 칠색 팔색을 하는 편이다. 의연함과는 거리가 멀다. 다른 어떤 것보다 세월의 흐름과 궤를 같이할 신체 능력의 변화가 두렵기 때문이다. 엄청나게 좋아하는 달리기도 언젠가는 내 의지와 관계없이 못하게 되겠지. 가까운 미래에는 매일 빵 2개를 먹는 것마저 버거워지는 날이 오겠지. 자연스러운 것들이 자연스럽지 않아지는 과정, 평범한 하루가 사치가 되어가는 과정을 떠올리는 것만으로도 괜히 울적해지는 때가 있다.

흘러가는 세월, 큰 불평 없이 받아들이고 무

난하게 적응해서 살면 얼마나 좋을까. 세상만사 모든 게 불공평한데, 그중 딱 하나 나이 드는 것만 공평하다며? 그럼 나도 좀 의연하게 받아들일 수 없는 건가? 이런 고민에 잠기다 보면 자연스러운 세상 이치에 하나하나 따지고 드는 내가 별로 맘에 들지 않았다.

하지만 어느 날엔 또 이런 생각이 드는 것이다. 아직 사는 게 좋고 재밌나 보지. 젊은 육체와 정신으로 누릴 수 있는 지금이 너무 좋은데, 시간과 함께 다 사라져버릴까 무서운가 보지. 시간의 흐름을 무서워한다는 것은 '사라질까 무서울 만큼 소중한 현재'를 자각하고 있다는 증명이 되기도 하니까.

그래.
그렇다면 그 무서움까지도 꼭 껴안아볼래.

여기 있어도, 거기 있어도
나는 나

언젠가부터 혼자 있는 시간이 더 이상 외롭지 않다. 분명히 몇 년 전까지만 해도 누군가에게 기대지 않고는 견딜 수가 없어서 밖으로만 돌던 시기가 있었다. 이제 나에게 가장 큰 위안은 지금과 같은 시간들이다. 책을 읽고, 음악을 듣고, 청소하고, 일기를 쓴다.

그렇다고 집 밖의 시간이 두렵냐면 그렇지도 않다. 혼자서 안정을 유지할 수 있는 것은 내가 원하면 언제든 바깥으로 나갈 수 있다는 무언의 확신 때문이기도 하다. 그 확신의 밑바탕에는 가까이 지내는 사람들과 오래 쌓아온 신뢰가 자리 잡고 있다.

조그만 일들에 실망하지 않고 서로의 좋은 점을 많이 발견해주는 사람들. 내일이 오고, 내일모레가 오더라도 큰 흔들림 없이 함께해줄 친구들.

여기 있어도, 거기 있어도 나는 나.

나는 사랑하는 사람들과 멀리 있어도 불안하지 않고, 혼자 있어도 심심하지 않다.

২부

모난 돌

어제는 밤 11시가 넘어서 친구 진이가 갑자기 우리 집에 오게 됐다. 수다나 떨기 위해서였다. 우리 동네에는 24시간 카페가 없고, 진이는 술을 즐기지 않아서 선택지가 우리 집뿐이었다. 장소를 집으로 정한 것이 무색하게 도착하자마자 같이 맥주 마시자고 졸랐고, 착한 내 친구는 고개를 절레절레 저으면서도 맥주를 한 캔 땄다.

어떤 주제의 이야기를 하다가 내 성격의 예민한 부분을 설명할 일이 있었다. "알잖아. 내가 조금 예민해 보일 수 있는 지점이…" 라고 말을 이어가던 중에, 보통 내 말을 끝까지 들어주는 진이가 중간에 끼어들었다. 그리고 "아니지. 너는 너의 의견이 명확하고, 그걸 숨기지 않고 말을 할 뿐이지."라고 얼른 내 문장을 고쳐주었다. 우리 둘 사이에서는 내가 예민하든 말든 전혀 문제 될 것이 없지만, '예민'이라는 표현 뒤에 숨어 있을 어떠한 부정적인 가치판단도 빼고 나를 설명하려는 친구의 마음을 헤아려보았다.

유난이란 말 듣기 딱 좋고, 표현하지 않는 게 미덕이라고 여겨지는 것들은 웬만하면 입 밖에 내지 않으려고 한다. 상대도 피곤하게 하고 싶지 않지만, 모난 돌 취급받는 건 나도 피곤한 일이니까. 그러나 찰나의 불평불만마저 흘려듣지 않고 자신의 기억 어딘가에 묻어두는 섬세함을 가진 사람들이 있다. 그런 이들은 세상이 '까칠, 예민, 유난'처럼 짧은 단어로 이름 붙이는 속성들을 문장으로 풀어서 설명해준다. 마음에도 청력이 있다면, 유달리 그런 청력이 발달된 존재들은 사회 곳곳에서 누군가의 마음을 데워주는 역할을 하고 있는지도 모른다.

그런 이들 앞에서 나는 모난 돌이 아니라, 세

상을 또 다른 시선으로 바라볼 줄 아는 사람이 되어 있다. 진이는 아직 학교도 졸업하지 않은 나에게 벌써부터 안타까워하며 말한다. 네가 앞으로 회사 다니기에는 너무너무 아깝다고. 넌 훨씬 좋은 일을 할 수 있는 사람이라고. 그 말을 하는 친구의 두 눈에 사랑이 넘실거린다. 괜히 눈물이 날 것 같아, 나도 회사 좀 다녀보자는 퉁명스러운 말이나 하며 웃어버렸다. 가능성이라고 불리기도 뭣한 나의 실낱같은 가능성을 내 친구가 햇살보다 따뜻하게 지켜봐준다.

진이 앞에서는 그 누구에게도 해본 적 없던 말들을 조심스럽게 꺼낼 수 있다. 입 밖으로 처음 꺼내는 많은 이야기들은 언제나 진이를 위해 준비되어 있다. 얘가 없었다면 내 마음 가장 깊은 곳에 영영 숨어 있었을지도 모를 언어들. 늘 가까운 곳에서 사랑으로 바라봐주는 친구가 있기에 나의 언어도 생명력을 얻는다.

이유 없이

       살다 보면 이유 없이 좋아지는 사람도, 이유 없이 나를 좋아하는 사람도 생각보다 만나기 어렵다. 대부분 뚜렷한 계기나 목적이 있었다. 물론 이유가 없다고 생각했던 순간들마저 파고들면 사소한 시작점들이야 있겠지만, 하나하나 기억하기도 어려울 정도로 면도 선도 아닌 찰나의 '점' 같은 거라.

   기억나지도 않는 이유로 사랑한다고 말할 수 있는 사람들이 몇 있고, 이해할 수도 없는 깊이를 가지고 나를 애정이 가득 담긴 시선으로 봐주는 사람들이 몇 있다. 누군가 나를 붙잡고 이유를 말해보라고 한다면 한참을 적절한 단어만 고르다 아무 말도 못 할 테고, 글로 쓰라고 한다면 3일 정도를 고민하겠지. 그러다 A4 용지 2장 정도에 8포인트 글자 크기로 고르고 고른 단어들을 가득 채울 수도 있겠다. 그러고도 그 시작점을 몰라서 답답하기야 하겠지만.

인생 혼자 왔다 혼자 가는 거라고 습관처럼 말하지만 언젠가 봤던 표현처럼 혼자 있는 시간 역시, 관계가 안정적일 때 더 행복할 수 있었다. 생각이 돌아가려면 배부르고 등 따뜻하면 안 되는데. 따뜻한 온도에 편하게 앉아 있고 싶지 않은데.

이유 없이 좋아졌고, 이유 없이 나를 좋아하는 사람들 때문에 자주자주 마음이 풀어진다.

네가 있는 곳은 어떤지
물어보고 싶어

　　　　원래도 숫자 기억을 잘 못 하지만, 네가 떠난 날은 정말 각인이 전혀 안 돼. 다른 친구들 생일은 기억 못 해도 네 생일은 절대 안 잊고 사는데 말이야. 그냥 12월쯤인 것만 알고 살다가, 12월만 되면 정말로 매일매일 달력을 확인하곤 해. 약간은 절박한 마음으로. 혹시라도 잊고 지나갈까 두렵거든. 나 하나 잊는다고 큰일 생기지야 않겠지만, 내가 사는 동안은 할 수 있는 모든 노력을 다해서 너를 기억할 거야.

　　한동안은 사후 세계나 영혼 같은 건 없기를 간절히 바랐어. 여기서도 괴로웠을 네가 떠나서까지 마음 아픈 일을 겪을까 봐. 너의 부재를 슬퍼하는 사람들을 보며, 착한 네가 혹시라도 자기 탓을 할까 봐. 잡념도 고통도 그 어떤 것도 남아 있지 않은 또 다른 세계에서 너의 피곤했던 마음이 쉬기만을 바랐어. 그렇지만 어느 날에는 네가 원하는 평온의 모습으로 어디서든 건강하게 잘 지내고 있을 거라고 믿어보고 싶기도 해.

네가 떠나고 난 뒤, 내 인생에서 완벽한 행복은 아주 사라졌어. 행복한 순간들이 자주 찾아오지만 그럴 때마다 네 생각이 나. 내가 너무 과분한 것들을 누리고 있는 것 같아서 수치스러워져. 매일 눈물이 그렁그렁한 채로 많이 웃어. 멀쩡하게 살아. 한 사람 떠나보내는 게 이렇게 어려운 일이라면 앞으로의 이별은 어떻게 다 감당하고 살아야 하나 막막해. 이 깊은 아픔을 몇 번이고 견뎌냈을 길거리의 노인들이 서글프게 강인해 보일 때가 있어.

사는 일이 원래 이렇다는데, 그놈의 '원래'라는 게 참 무섭다.

내일이네. 여기는 많이 추운데, 네가 있는 곳은 어떤지 물어보고 싶어.

정 안 되면 전화하면 되는 거야

 수능 치자마자 친구 대타로 하루짜리 아르바이트를 했었다. 대형 마트 매대에서 화장품을 파는 일이었다. 경제 활동이라고는 태어나서 처음 하는 탓에 잘하고 싶었고, 담당자가 일하는 시간 동안 최소 10만 원은 팔아야 한다고 은근히 압박도 줬다. 10년 전 물가에, 로드샵 화장품 브랜드 가격까지 고려해보면 물건을 꽤 많이 팔아야 했다.

 하지만 의욕과는 달리 화장품을 사 가는 사람들은 거의 없었다. 일단 나부터가 판촉 일에는 도통 맞지 않는 성격이었다. 지나가는 사람들에게 테스트 한번 해보시라고 능청맞게 권해보기는커녕, 기어들어가는 목소리로 "구경하세요."라는 말도 겨우 했다. 고작 한마디 하고 나면 얼굴이 시뻘게졌다. 오후가 다 가도록 만 원도 못 팔았던 기억이 지금도 생생하다. 속상한 마음에 쉬는 시간에 엄마 아빠에게 전화를 걸었다. 알바 망했다고, 아무도 안 사 간다고 하소연하다 눈물이 터졌다. 지금 생각해보면 일일 알바에 너무 투철한 책임감 아니었나 싶지만, 그땐 고작 스무 살이었으니까.

    엄마 아빠는 내 전화를 받자마자 마트로 출동했다. 온다는 말도 없었기 때문에 보자마자 깜짝 놀랐다. 그뿐인가. 그들은 필요도 없고 생전 써본 적도 없었을 로드샵 화장품을 십만 원어치나 사 갔다. 울지 말라고 화이팅을 외치고 떠나간 두 분 덕분에 남은 시간 내내 씩씩하게 서 있을 수 있다. 아까보다는 더 큰 목소리로 구경하고 가시라는 말도 외쳤다. 아직도 가족들은 종종 이 이야기를 꺼내고 한참 웃는다. 돈 벌러 보내놨더니 전화해서 엉엉 울기나 했다고.

    속이 상해서 눈물부터 나고, 내 한계가 너무 선

명하게 보이는 날에는 그때의 기억을 더듬는다. '정 안 되면 전화하면 되는 거야'라고 스스로에게 되뇐다. 이제는 그들이 쉽게 해결해줄 수 없는 문제들로 괴로워하면서도. 실제로 전화 걸지 않을 거면서도.

**특히 그 친구는
앞으로 밝은 날만 있기를 바라**

 요 며칠 응원하는 아이돌과 관련된 일로 마음이 어지럽다. 그룹의 존속조차 장담할 수가 없는 상황이기 때문이다. 나보다 한참은 어린, 이제 고작 성인이 된 지 몇 해 지나지도 않은 애를 낭떠러지에 세워놓고 손가락 하나로 밀지 말지 각 재는 상황들을 보고 있으려니 말로 표현할 수 없이 괴로울 때가 있다.

 일상은 어떻게든 영위해나가고 있다. 굳이 사서 스트레스 받고 싶지는 않아서 나쁜 소식들로부터 거리 두려고 노력 중이다. 차라리 애인과 헤어져서 괴로워하는 중이라면 주위 사람들에게 이해야 받겠지. 이 일은 아무리 얘기해봤자 누구에게도 이해받을 수 없는 감정이니까 속으로만 삼키고 있다. 앞뒤 맥락 모르는 악의 없는 질문들에 내 마음만 더 문드러질 것이다.

 더 자세히 들어가자면, 가까운 사람들을 잃고 싶지 않았다. '고작' 아이돌과 관련한 일로 괴로워하는 나를 두고, 상대방의 얼굴에 잠시 스쳐 지나갈 조금의 웃음도 볼 자신이 없었다. 가연이는 아직도 아이돌 좋아하냐는, 기력 참 좋다는 가벼운 농담에도 영원히 그들을 보지 못할 것 같았으니까.

 나 역시 남의 인생, 그래, 그깟 아이돌 일로 이렇게까지 머리 아파지고 싶지 않았고, 괴로워지고 싶지도 않았다. 하지만 어쩌겠어. 감정은 늘 시작한 줄도 모르게 시작되고, 시작점을 모르니 돌이키기까지 어렵다. 이미 좋아졌다고 인지할 땐 게임 끝이다. 그 대상이 가족이든 친구든 연애 감정이 느껴지는 누군가든, 하다못해 그저 아이돌이라도, 애정이라는 감정의 뿌리는 같다. 사람 좋아하면서 적당히 즐거운 감정만 취하는 게 더 어려운 법이라는 것 역시 마찬가지일 테고.

 이런 복잡한 마음을 안고서 저녁에는 진이, 서현이와 함께 진선이 생일 축하해주는 자리를 다녀왔다. 이 친구들만큼은 나의 요즘 상태를 대충이나마 알고 있다. 모이면 서로 미안해하지 않으면서 자기 말을 많이 하고, 가끔은 차분하게 들어주는 척도 해주는 이 애들과 만나는 시간이 편하다. 오늘도 각자의 영역을 넘나드는 대화를 주고받았다. 나 역시 요즘 삶의 가장 큰 축인 나의 아이돌 이야기를 꺼냈다. 그 말들은 주로 "너네는 잘 이해할 수 없겠지만"으로 시작되었다.

 집에 오는 길에는 진선이에게 조금 미안하다는 생각을 했다. 얘는 오늘 만남의 주인공이었고, 무엇보다 우리 중 가장 아이돌과 거리가 먼 친구이기도 했으니까. 기분 탓인가. 내가 이야기할 때마다 진선이의 말수가 줄어들었던 것도 같았다. '다음부터는 내 이야기는 조금만 해야지. 특히 아이돌 이야기는 조금 줄여야지' 따위의 의미 없는 다짐을 하며 걷고 있는데 진선이에게 장문의 메시지가 왔다.

"가연아. 힘든 와중에 티 안 내고 이렇게 와줘서 정말 고마워. 나는 아이돌을 좋아해본 경험이 없어서 네가 겪는 감정이 나에게는 사실 이해할 수 없는 영역이야. 하지만 너무나 진지한 마음인 걸 알아서 더더욱 함부로 위로의 말을 건넬 수가 없었어. 너에게 아무것도 못 해준다는 생각이 들어서 오늘 내가 되게 한심해 보이고 미안했어. 너와 그 친구 모두 빠르게 회복되었으면 좋겠어. 특히 그 친구는 앞으로 밝은 날만 있기를 바랄게. 잘 자고, 고마워." 라는 내용이었다. 메시지를 확인하고 길거리에서 한참을 멈춰 서 있었다.

본인의 생일을 축하하기 위해 모인 날 친구를 제대로 위로하지 못한 것 같다는 이유로 자신을 한심하다고 표현하는 그 마음의 깊이가 감히 짐작도 안 갔다. 쉽게 쉽게 판단하고 쉽게 쉽게 위로의 말을 건네는 사람들이 넘쳐나는 이 세상에서 한참을 고심하고, 그럼에도 그 마음을 다 알 수가 없어서 위로의 말조차 건네지 못하는 스스로를 한심하게 여기는 사람이 대체 몇이나 될까. 네가 나를 아프게 한 것도 아닌데.

"너네는 내 마음 모를 거야."라고 잘만 떠들어대던 지난날의 오만한 내가 부끄럽기도 했다. 알고 있다는 이유로 위로할 수 있는 것도 아니고, 모른다고 위안이 될 수 없는 것도 아니니까. 사람에 대한 기대를 저버리려고 할 때마다 자신의 삶을 통해 나를 일깨워주는 사람들이 있다. 사람 때문에 바닥으로 떨어지지만, 그 바닥에서 나를 끌어 올리는 것도 결국엔 사람인 것이다.

내일은 또 내일의 이유로 괴롭겠지. 누구는 내 고통을 두고 비웃을 테고. 어쩔 수 없다. 그게 인생이라면. 하지만 내가 응원하는 사람의 앞날이 밝기만을 바라주는 친구가 있다면 내일도 어떻게든 버텨나갈 수 있을 것 같다.

아기 냄새

나에게는 '경륜'이라는 이름을 가진 한 살 차이 여동생이 있다. 엄마는 가끔 내 동생을 꼭 껴안고 코를 킁킁대며 '얘는 아직도 아기 냄새가 난다'고 말한다. 옆에서 둘을 질투 반, 냉소 반으로 지켜보던 나는 '30대가 된 애한테 무슨 아기 냄새가 나겠냐'며 괜히 정색한다. 하지만 나도 알고 있다. 나보다 키가 한 주먹 정도 더 작은 동생에게서는 여전히 아기 냄새가 난다. 온 가족의 사랑을 한 몸에 받은 막내에게서만 나는 그 냄새. 향기라는 조금 고상한 표현도 있지만, 냄새가 더 적절하다. 엄마처럼 꼭 껴안지는 못하더라도, 나 역시 가끔 경륜이 옆에서 몰래 숨을 훅 들이마셔본다. 땀 뻘뻘 흘리는 더운 여름에도 포근하고 따뜻한 그 아기 냄새가 난다. 사랑의 냄새다.

엄마, 아빠가 나보다 동생을 더 사랑했다기보다는 부모가 자식에게 주는 사랑에도 여러 가지 방식이 있다고 믿고 있다(아직 부모가 되어보지 않아 확신할 수는 없다.). 나는 첫 아이이기 때문에 첫 아이만 받을 수 있는 애틋하고 귀한 사랑을 받았을 테고, 동생은 나보다 정확히 13개월 더 어린 사람이었으므로 막내에게만 허용되는 제한 없는 사랑을 받았다.

예를 들면 이런 식이었다. 중학생이었던 내가 친구들 따라서 귀를 뚫고 온 날에는 말 그대로 집 안이 뒤집혔다. 엄청나게 혼났다. 경상도 토박이 두 어른은 이상한 데서 이해가 안 갈 정도로 보수적일 때가 있었고, 학생은 학생에게 걸맞은 차림을 해야 한다는 확고한 믿음이 있었다. 내가 확신하건대, 두 사람도 학생 차림이 무엇인지 정확한 정의를 내리지 못했을 것이다. 왜냐하면 내가 교복을 딱 맞게 줄여 입는 것으로는 한마디도 하지 않으셨거든.

경륜이가 귀를 뚫고 온 날에는 정반대 상황이 펼쳐졌다. 혼을 내기는커녕 동생을 데리고 시내에 있는 귀금속 집에 가서 귀걸이를 선물로 사줬던 사실을 똑똑히 기억한다. 우리 넷 중 이 장면을 정확히 기억하는 것은 내가 유일하다. 분하지만 증명할 방법이 없다. 엄마와 아빠는 우리 둘 중 비교적 활발하고, 자기 고집이 있고, 할 말은 따박따박 잘도 하는 내 쪽이 샛길로 빠져나갈 가능성이 크다고 생각했던 것 같다. 가끔은 그 시절 엄마, 아빠에게 가서 말해주고 싶다. 그렇게 해봤자 쟤는 제멋대로 클 거라고.

아무튼, 이처럼 막내를 유독 싸고도는 엄마 아빠 때문에 걔가 얄미웠던 날도 있었지만, 우리는 사이가 좋았다. 무지막지하게 싸울 때조차 외동이었으면 좋겠다고 생각한 적은 없었으니까. 나 역시 그들만큼 우리 집 막내를 사랑했다.

초등학교 1, 2학년쯤일 때였다. 아빠와 동생이 타고 나간 차에 아주 작은 사고가 났다. 집에서 소식을 전해 들은 나는 그대로 바닥에 엎어져서 우리 경륜이 어떡하냐고 통곡을 했다. 아빠 얘기는 하나도 안 하고 동생 이름만 목이 터져라 외치는 내 모습이 웃겨서 엄마가 왜 경륜이만 걱정하냐고, 아빠는 걱정되지 않는 거냐고 물었다. 초등학생 가연이는 눈물을 멈추지 못한 채, 냉정하게 말했다. "아빠는 살 만큼 살았잖아… 엉엉… 경륜이는 아직 아기란 말이야… 엉엉… 경륜이는 더 오래 살아야 한다고… 엉엉…"

    우리 아빠, 그때 고작 30대 후반이었다. 아빠 미안합니다. 다행히 동생은 이마에 조그만 혹 하나만 달고 왔다. 살아 돌아오면 꼭 주겠다고 약속한 인형은 슬그머니 다시 내 것이 되었다.

    우리 집 막내는 어릴 때 밖에 나가서 자기 의견 하나 제대로 말하지 못할 만큼 내성적이기도 했다. 한 살 터울이라 수학 학원, 음악 학원 모두 세트로 다니던 우리가 유일하게 따로 다닌 학원은 '웅변 학원'이었다. 당연히 동생이 다녔고, 나는 다닐 필요가 없었다. 어린 시절 경륜이가 그런 성격을 가지게 된 데에는 내 잘못도 조금 있다. 필요 이상으로 나서서 해결해주고 다녔기 때문이다. 동생이 누구와 다퉜다는 소식만 들려도 당장 그 반으로 찾아갔고, '너 한 번만 더 경륜이 건드리면 큰일 날 줄 알아'고 무시무시한 경고를 날렸다.

세상 사람들이 모두 나처럼 경륜이를 대해줬으면 좋겠지만 절대로 그런 일은 일어날 리가 없다. 남들 눈에는 멀쩡하게 다 큰 성인이니까. 게다가 요즘 동생은 할 말을 아주 잘하고 산다. 평생 수줍은 목소리로 조그맣게 말할 줄 알았는데 회사에 다니면서부터는 성격이 확 바뀌었다. 해외 영업 일을 하는 탓에 매일 지구 반대편 사람들과 영어로 이야기하고, 가격을 조율하고, 가끔은 목소리도 높인다. 예전에 동생이 일 때문에 통화하는 걸 옆에서 들을 기회가 있었다. 통화 내용을 듣다가 조금 놀라서 물어봤다. "너… 그렇게 세게 말해도 돼?"라고. 이런 내 질문에 경륜이는 '이 언니, 사회생활 하나도 모르네' 하는 표정으로 대답했다. "언니야. 이건 세게 말하는 거 아니야. 그냥 내가 해야 할 말을 명확하게 하는 거야." 벙쪄서 "어어… 그렇구나…" 하고 말았다.

언니 없이도 할 말을 잘하게 된 동생이 기특하고 대견해야 하는데, 나는 또 이상한 타이밍에 마음이 짠했다. 타고난 성격이 바뀌는 동안 혼자 얼마나 고단한 시간을 보냈을까 싶어서. 그때 난 어디서 뭐 하고 있었을까. 아등바등하고 있었을 애 옆에서 제대로 위안이 됐을까.

종교가 없는 탓에 기도할 일이 별로 없지만, 아주 가끔 비슷한 것을 할 때가 있다. 내 나름의 의식을 시작하기 전에는 '세상의 모든 신에게 부탁드린다'라고 수신자를 분명히 한다. 누구 하나 서운하게 해서 기도발이 떨어질까 봐 겁나거든. 그들의 심기를 건드리지 않기 위해 최선을 다한 후, 조심스럽게 이야기를 꺼낸다.

저에게 할당되어 있는 행복과 건강이 있다면, 혹여 살면서 제 동생이 그게 간절한 순간이 있다면, 저는 괜찮으니 제 몫을 꼭 떼어 주시라고. 어릴 적 동생이 차 사고로 이마에 혹을 달고 들어온 그날부터 이미 다 생각해뒀던 것이라고. 저는 절대로 염려하지 말고 꼭 동생에게 다 주시라고.

**할부냐, 현금 박치기냐
그것이 문제로다**

　　　　　이별 이후의 고통도 카드 할부처럼 나눠서 갚을 순 없을까? 왜 나는 현금 박치기 같은 이별만 겪는 거지? 지금 생각하면 우습지만, 대학교에서 처음으로 사귀었던 남자친구와 헤어진 직후에는 진심으로 그런 생각을 했었다. 한 번에 몰려서 오는 이별의 고통이 너무 가혹했다. 첫사랑은 이 사람이 아니라 중학생 때 학원에서 만나 고등학생 때까지 사귀던 그 애 같은데, 그때의 아픔과는 차원이 달랐다. 성인의 사랑은 이런 것인가. 길을 걷다가도 눈물을 뚝뚝 흘렸고, 학교 수업도 왕창 빼먹었다.

　매일 새벽까지 술을 마신 채 그의 페이스북을

염탐했었다. 그가 벌써 멀쩡하게 지내는 것만 같은 날에는 나도 소주를 한잔 더 마셨다. 지금의 넉넉한 주량은 다 그 시기에 만들어졌다. 원래도 학교 공부 열심히 한 적은 없지만, 이 정도까지 엉망일 필요도 없다 싶을 정도로 한참이나 일상 생활이 안 됐다. 그 학기엔 결국 '학사경고'를 받았다. 분수에 안 맞는 물건을 현금 박치기로 산 것처럼 이별이 치고 지나간 후 나의 자리는 말 그대로 폐허가 되었다.

남들처럼 의젓하게 평정을 유지하고 싶었다. 항상 그게 잘 안됐다. 내 감정인데도 컨트롤되지 않았고, 여기서 훅 무너지고 저기서 훅 쓰러졌다. 친구들은 종종 나를 강아지 쓰다듬듯 어루만지며 "넌 좀 동생 같아."라는 말을 했다. 꼭 나이의 문제인 것만 같지는 않았다. 또래인 친구들마저 헤어진 이후에도 평소와 같은 루틴으로 일상생활을 유지해나갔으니까. 밤에 다 같이 모여 술을 마실지언정, 할 일은 정해진 기한 내에 마무리 짓고 나오는 의젓한 사람들이 주위에 많았다. 고통스럽지 않냐고, 어떻게 학교도 잘 나오고, 과제도 잘 할 수 있는 거냐고 맹한 질문을 하면 "어쩌겠어."라는 대답이 돌아왔다. '어쩌겠어'라는 말로 삼킨 속내까지는 그때의 식견으로 다 짐작할 수가 없었다. 그냥 그들이 부러웠다. 의젓한 사람들은 이별의 값도 할부로 감당 가능한 만큼만 지불하고 있는 것처럼 보였다.

　몇 번의 만남과 헤어짐을 거친 후, 나 역시 할부로 이별의 값을 치를 수 있게 되었다. 나이가 들면서 하나둘 신용 카드를 발급받듯 자연스러웠다. 오늘 조금 아프고, 내일도 조금 아프기. 그러면서 어떻게든 일상은 유지해나가기. 누군가 의젓해졌냐고 묻는다면 절대 아니라고 자신 있게 대답할 수 있다. 비결은 다름이 아니라 책임감이고 현실이었다. 한 살 한 살 더 먹을수록 나이와 상응하는 나의 역할이라는 것이 생겼다. 취업 준비를 해야 했고, 일정 수준의 학점과 토익 점수가 필요했다. 내가 준비하던 직군은 필기시험도 여러 과목을 쳤기 때문에 시험을 준비하느라 일주일에 스터디가 2개였다. 고작 '이별' 때문에 다른 사람들에게 손해를 끼칠 수가 없었다. 대학원에 오니 더했다. 대학생은 학사경고를 받아도 졸업이나마 할 수 있지만, 대학원생에게 학사경고는 퇴학과 같은 의미였다.

문제는 겪고 보니 생각보다 할부식 이별 역시 그렇게 멋지지도, 의젓하지도 않다는 점이었다. 맞고 나가떨어질 정도의 한 방은 없었지만 잔잔한 우울이 오래오래 이어졌다. 현금 박치기는 2개월이면 다시 원래 상태로 복귀했던 것 같은데 할부로 감당하는 미미한 아픔은 1년까지도 갔다. 겉으로 괜찮은 척하다 보니 갑자기 누구 붙잡고 우는 것도 새삼스러워 혼자 눈물 찔끔 흘리기도 했다.

사람에게는 다 각자의 지옥이 있다고 한다. 그 시절 바보 같은 질문을 하던 나에게 '어쩌겠어'라는 대답을 한 친구들 역시, 각자의 지옥 속에서 자신이 결제한 몫에 대해 최선을 다하고 있던 것 아니었을까. 의젓하게 살다가도, 어느 날엔 나처럼 혼자 눈물 찔끔 흘렸을 수도 있겠지. 이것도 싫고 저것도 싫다면 그깟 사랑 안 하면 그만인 것을 나는 어쩌자고 결제를 쉬지도 않는지.

현금 결제가 당장의 고통이 좀 클 뿐, 카드 할부도 쌓이고 쌓이다 보면 빚더미에 앉게 되고 파산에 이른다. 결국, 누구든 자기가 결제한 만큼의 값을 치르게 되는 것이었음을. 더 나은 이별이라는 게 있기는 할까. 할부냐, 현금 박치기냐. 여전히 그것이 문제로다.

내가 이렇게 알고 있잖아

        재인아. 너 그거 아니? 내가 태어나서 들어본 가장 독한 말은 다 네 입에서 나온 거야.

 '인스타그램에서 맑은 척, 밝은 척하지 마', '순둥이인 척하지 마', ' 백가연, 내 주위에서 제일 지독하다' 등등.

 이런 말 들으면 네 말대로 순둥이와는 거리가 멀고, 그다지 맑지도 밝지도 않은 나는 너를 가만두면 안 되는 거잖아. 그런데 나는 하나도 기분 나쁘지가 않아서 네가 그런 말을 할 때마다 사람들이 많은 길거리에서 당장 땅바닥에라도 구를 것처럼 온

몸을 젖히고 웃어. 그러면 너는 또 쟤 왜 저러냐고, 미쳤다고 고개를 절레절레 젓지만.

너는 나를 만났다가 집에 가는 길에는 항상 에너지 드링크를 사서 마신다고 말했지. 나는 그 말이 그렇게 좋은 거야. 이렇게나 타고난 성정이 다른 우리가 자그마치 16년 동안이나 친구인 게 엄청나게 뿌듯한 거야.

사람 좋은 척하기 참 쉬운 세상이야. SNS에서 적당히 이미지 전시 좀 하면 되잖아. 가끔은 이상한 오기가 생겨서 일부러 더 별로인 모습을 보여주고 싶을 때가 있지만 실행까지 옮기진 않아. 일상의 어두운 부분까지 모두와 공유하고 싶지는 않거든. 위로받고 싶어서 하는 말이 아닌데 누군가는 나를 안쓰러운 시선으로 보는 것도 가끔은 피곤해. 위로는 차라리 나아. 필요하다고 말한 적도 없는 조언을 자기 마음대로 줄줄 늘어놓을 때는 피곤을 넘어서서 짜증이 나기도 해. 원한 적 없는데 돌아오는 피드백들이 싫어서 언제부턴가 일상의 잔여물들은 내가 알아서 해결하게 돼. 사실 뭐 내가 모든 것을 다 알아서 해결하는 건 아니긴 하지. 화나고, 짜증 나고, 누군가를 저주하는 말들은 주로 너와 나누잖아. 매번 면박 주면서도 오늘 술 한잔하자고 조르면 못 이긴 척 나와주는 것도 언제나 너야.

　　최근 두 명이나 울렸다는 이야기를 듣고 네가 말했지. 백가연 인성 최악이라고. 맞아, 나도 알아. 좀 별로야. 고집도 세고, 이기적이고, 직설적이고. 아무튼, 여러 가지로 못돼먹었어. 어쩔 수 없는 의견 조율 과정이었다고 변명하면서도 속으로는 자책도 많이 했어. 자책이 쌓이고 쌓이는 날에는 사람들이 건네는 다정한 말을 듣는 것만으로도 도망가고 싶어져. "저 그렇게 좋은 사람 아닌데요."라고 퉁명스럽게 대답하고 싶어지고. 나 지금 제대로 가고 있는 걸까 싶어져서 조금 두려워. 그런데 참 웃기지. 나의 별로인 구석 알아주는 네 곁에 있으면 이상하게 안심이 돼. 마음껏 별로여도 되겠다 싶고, 다 보여줄 수 있다는 것만으로도 숨통이 트이더라고.

　　내가 예전에 이야기했던 에피소드 기억해? 21

살 때인가, 22살 때인가. 버스를 탔는데 내 앞에 앉아계시던 할머니 두 분이 도란도란 이야기를 나누고 계시더라고. 슬픈 일이 있으셨는지 힘든 얘기를 이어가는 분에게 친구로 보이는 또 다른 할머니가 "세상 사람 다 몰라도 괜찮아. 내가 이렇게 알고 있잖아."라고 위로의 말씀을 하셨다고.

어리고 아팠던 나는 그 말을 듣고 훌쩍훌쩍 울었어. 지금은 기억도 안 나는 일로 가슴앓이를 하던 시기였어. 아마도 세상 사람들이 다 내 마음을 몰라준다고 생각했겠지. 바로 옆에서 네가 항상 들어주고 있었던 것도 까먹고. 할머니의 이야기를 들으며 그제야 너의 얼굴을 떠올렸어. 너는 나에게 그런 친구야. 세상 사람들 다 몰라줘도 되니, 너 하나만 내가 하고 싶은 말이 뭔지 알아준다면 난 그걸로 괜찮을 수 있어.

어떤 날에는 너랑 술을 마시다가도 "나는 사람이 왜 이렇게 못돼먹었을까?"라고 자책하는 날이 있지. 사실 나는 자책도 다른 사람 앞에서 하는 편은 아니거든. 흘러가는 말로 둘 수 있을 정도로 중

얼거리는 목소리였는데 너는 특유의 심드렁한 톤으로 꼭 대답해줬지. 하나도 안 나쁜데 왜 그런 말 하냐고, 안 어울리니까 자기 탓하지 말라고. 괜히 쑥스러워서 대체 너의 진짜 생각은 뭐냐고 따지고 들며 멱살 잡는 시늉이나 했지만, 속으로는 조금 다행이라는 생각도 했어. 네가 나를 나쁘지 않은 사람이라고 말해줘서.

 이렇게나 다른 우리는 17살부터 지금까지 한 번도 싸운 적이 없어. 네가 유난히 심드렁하게 대답하는 날에는 사실 조금씩 밉기도 했거든. 그래도 다툼까지 가지 않을 수 있었던 건, 내 덕분이라고 할 수 있어. 나는 너한테 잘 보이고 싶어서 꽤 눈치를 봐(그러면 너는 또 "눈치를 보는 게 이 정도라고?"라는 말이나 하겠지.). 마음껏 별로여도 되겠다 싶어서 안심하면서도, 나의 아주 별로인 모습까지 다 알고 있는 너에게만큼은 괜찮은 친구가 되고 싶다는 욕심이 있어. 가끔 우리 재밌게 놀고 집에 가는 길에 내가 먼저 메시지도 하잖아. 주로 '아까 그 말은 진심이 아니었고'로 시작되는 내용들. 그러면 너는 백가연 소심하게 왜 이러냐고, 기억도 안 난다고 대충 대답하지. 어휴. 그놈의 대충과 심드렁.

사실은 이미 너에게 메시지를 보내는 순간부터 알고 있었던 것 같아. 이 정도로 너의 마음이 상하지 않았을 거라는 걸. 그래도 '혹시 너의 마음을 다치게 한 것은 아닐까, 괜찮다고 말하지만 정말로 괜찮은 걸까' 걱정하는 순간이 조금 애틋해. 17살에 만난 친구 앞에서도 여전히 잘 보이고 싶은 마음이 들 때가 너무 소중한 거야. 언제나 조금 더 나은 인간이 되고 싶게 하는 친구가 곁에 있다는 것, 그것도 아주 오래오래 함께한다는 것. 얼마나 귀한 일이니.

돈 열심히 벌어서 용돈 백만 원씩 줄 테니까 일 안 하고 나랑 같이 살면 안 되냐고 물어봤을 때도 그깟 간식값으로 마음 살 생각 하지 말라고 대답한 너였지. 더 열심히 일해서 훨씬 큰돈을 내놓으라고. 제정신이냐고 되물었지만 그렇게 말해주는 너라서 좋아. 재인아. 너는 정말이지, 모든 부분에서 나를 좀 더 나은 사람이 되고 싶게 한다. 쓰고 나니 무슨 프러포즈라도 할 기세 같지만 전혀 그럴 생각은 없으니 안심해도 돼. 나는 네 말처럼 워낙 감정 표현이 유난스러운 사람이잖아.

괜찮아. 네가 뭐라고 하든 나는 네가 좋아. 그리고 나 역시 너의 기쁨뿐만 아니라 아픔과 슬픔까지도 놓치지 않고 잘 알아주고 싶어. 너의 새벽만 유난히 긴 것같이 느껴지는 날에는 전화 줘. 네가 그랬듯, 나도 꼭 달려갈게.

사랑의 양분

아빠의 퇴근길은 자주 분주했다. 그는 평범한 날에도 가족을 위해 꽃을 샀다. 그냥 주면 재미없다고 현관문 앞에 꽃다발을 놔두고 벨을 누른 뒤, 옆 계단으로 쏙 숨는 식이었다. 벨 소리를 듣고 "아빠~!"를 외치며 달려 나오던 어렸던 나와 그보다 더 어렸던 동생, 그리고 젊은 시절의 엄마. 세 여자가 텅 빈 현관문 앞에 어리둥절하게 서 있다가 발목께에 오는 꽃을 발견하고 환하게 웃으면 그제야 아빠가 얼굴을 빼꼼 내밀곤 했다. 나는 그 장면을 몇 번이고 재생할 수 있다. 커다란 몸을 숨기고 계단 사이에서 기웃대다가 나와 눈이 마주치고, 자신이 사 온 꽃만큼 아름답게 웃던 아빠의 얼굴을.

나와 동생이 중학교 가면서부터 아빠보다 우리의 귀가 시간이 늦어졌다. 우리가 아빠를 마중하러 뛰쳐나가는 대신, 아빠가 학원을 마친 우리를 데리러 나왔다. 집 가는 길엔 항상 편의점에 들러서 아이스크림이나 과자를 사 먹었다. 엄마가 평소에 못 먹게 하는 것들이었다. 그 짧은 시간 동안 아빠는 회사 얘기를, 우리는 학교 얘기를 했다. 엄마에게는 비밀이라고 하면서 아빠는 만 원, 이만 원씩을 우리 지갑에 채워주기도 했다. 분명히 손가락 걸고 비밀 지키기로 약속했으면서 엄마에게 '내가 애들 용돈 좀 줬다'고 털어놓는 사람도 아빠였다. 엄마는 우리 셋을 살짝 째려보면서도 별다른 말은 하지 않았다. 부분적으로 동의하는 말이지만, '경상도 남자는 무뚝뚝하고 표현을 하지 않는다'는 말을 좋아하지 않는다. 부산 토박이인 우리 아빠는 언제나 세상에서 가장 큰 다정을 나와 동생에게 쏟았으니까.

　　대신 좀 얻지 못한 것도 있다. 힘들고 무서운 순간마다 아빠 등 뒤에 숨어 있었던 탓에, 진작 겪었어야 할 체념과 좌절을 충분히 겪지 못했다는 생각이 들 때가 있다. 뒤늦게 겪는 그것들이 더 아프게 다가오기도 한다. 얼마 전에는 논문 예심 자리가 있었다. 몇 개월 내내 몸과 정신을 혹사하며 작업했던 논문의 마무리 단계 중 가장 중요한 자리이기도 했다. 당연하게 부정적인 피드백도 받았지만 교수님들이 하시는 말씀을 모두 이해할 수 있었다. 조금 더 완성도 높은 논문을 쓰기 위해 필수적으로 거쳐 가야 하는 관문이었다.

그러나 머리로 받아들이는 것과는 별개로 내 한계를 또렷하게 직면하는 일이 조금 버거웠다. 학부 때는 학사경고를 받아도 아무렇지 않았다. 성적표에 또렷하게 적혀 있는 1점대의 학점이 내 점수라고 여긴 적 없었다. 수업을 그렇게 빠지는 주제에, 열심히만 하면 과 전체 수석은 떼놓은 당상이라고 좋을 대로 생각했다. 멍청하고 오만한 현실 도피였다.

심사장을 걸어 나오면서 아무리 내가 최선을 다하더라도 백 점 만점을 받을 수 없다는 당연한 사실을 다시 한 번 마음에 되새겼다. 예심이 끝나면 신나기만 할 줄 알았는데 영 그렇지 못했다. 개운

하다고도, 슬프다고도 할 수 없는 허탈한 기분으로 아빠에게 전화를 걸었다. 이런저런 피드백을 받았다는 말도 했다. 내 이야기를 듣자마자 "그냥 마 다 때리치고 나와뿌지! 누고, 그 교수!"라고 말하는 아빠를 나 이제 30대라는, 언제까지나 내 성격대로 다 할 순 없다는 당연한 이야기로 진정시켜야 했다. "아빠 나 졸업해야 해. 졸업. 진정해. 교수님들 나쁜 말씀 하신 거 아니라니까."

한 번쯤 내 능력이나 노력을 의심할 법도 한데, 그는 그랬던 적이 없다. 언제나 앞뒤 따지지 않고 내 편부터 들었다. 아빠는 나의 대학원 생활 내내 너무 열심히 하지 말라고, 힘들면 언제든지 그만두라고 말했다. 지난 2년 동안, 도망갈 구멍이 있었기 때문에 도망치지 않을 수 있었다.

괜히 남 탓하고 싶은 날엔 죄 없는 아빠를 원망한다. 나를 미워하는 것보다는 아빠를 미워하는 것이 차라리 마음 편한 날들이 있다. 언제까지고 내 맘대로 살 순 없는 건데, 다 받아주지 말지. 살면서 포기도 겪게 하고, 한계를 겪는 날엔 모르는 체하고 내버려 두지.

하지만 이 모든 것들이 내가 겪어나가야 할 몫이라는 것을 안다. 그에게 받은 사랑의 양분이 포기와 한계 속에서도 다시 한번 할 수 있는 힘을 줬다는 것 역시 알고 있다. 예심이 끝난 후, 아픈 마음을 안고서도 '나의 한계를 직면할 기회를 지금이라도 가지게 된 것이 다행'이라는 내용의 일기를 쓴 것처럼.

체념과 좌절은 막아주고 이해와 다정을 쏟아주는 아빠 덕분에 주는 사랑에 인색하지 않고, 받는 사랑을 의심하지 않는다. 가까운 이들에게 한참의 사랑을 주고도 내 안에 남아 있는 사랑이 있다. 앞으로 겪게 될 수많은 체념과 좌절 속에서도 아빠의 그 사랑을 두 손에 꼭 쥐어보려고 한다.

맘껏 놀려도 좋아

비가 아주 펑펑 온다. 이번 여름 들어 빨래를 바싹 말려본 게 언제였는지 기억조차 나지 않는다. 뜨거운 햇살 아래에서 한참 동안 구워진 옷을 입지 못하는 건 아쉽지만, 평소에는 신고 다니기 쑥스러운 장화를 자주 신을 수 있는 점은 좋다. 장화는 영국에 있을 때 산 것이다. 1년 365일 비가 오는 곳이다 보니 아침에 해가 떠 있어도 장화를 신고 나간 날이 많았다. 오후든 밤이든 하루 중 언젠가는 분명히 올 비였기 때문이다. 친구들은 검은색 장화를 매일 신고 다니는 내가 농부 같다고 놀리곤 했다. 그 놀림이 싫지 않아서 괜히 밭매는 시늉까지 해가며 친구들을 웃겼지. 그러고 보니 전 세계 어디를 가나 밭매는 기본자세는 비슷한가 보다.

 좋아하는 게 많아서 좋다. 외부 자극에 크게 영향받지 않는다. 비 오는 날은 비가 오는 대로, 햇빛이 쨍쨍한 날은 쨍쨍한 대로 살아갈 이유를 찾아본다. 얼마 전 친구는 '세상에서 제일 쉬운 일은 백가연 3초 만에 행복하게 하기'라고 했었다. 애정이 듬뿍 담긴 목소리로 매번 나를 놀리는 친구도 좋다.

그래도 나는 잘 살아보고 싶어

극심한 스트레스 상황 속에서도 밖으로 눈물 한 방울 흘리지 않으며 꾹꾹 잘 참아왔는데, 어이없게도 평화로운 한강 공원 한가운데에서 진선이 무릎에 얼굴을 묻고 한참을 울었다.

백 명과 웃고 지내는 것보다 한 명에게 온전히 이해받는 게 훨씬 가치 있는 일이라고 늘 생각해왔지만, 요즘은 백 명과 웃고 지내면서도 그 누구에게도 이해받는 기분이 들지 않았다. 속한 집단에서 아무리 좋은 평가를 받아봐야 그걸 즐길 여유가 없었다. 살면서 쌓아온 상식과는 너무나 다른 가치관을 가지고 사는 사람들 속에서 괴로웠다. 누군가 잘하고 있다고 말해줄수록 고립되는 기분이었다. 회색빛 얼굴을 한 채 "지금 내 표정을 보고도 그런 말이 나와요?"라고 되묻고 싶었다. 하지만 내가 선택한 진로 앞에서 나약한 소리 같은 건 하고 싶지 않았다. 당연히 이런 감정도 방관한 채였다.

오늘 만난 친구들 앞에서도 평소와 다름없이 행동하고 싶었다. 하지만 웃음도 말도 매끄럽게 나오질 않았다. 한참을 친구들의 얘기만 듣다가 "그런데 얘들아. 요즘 내가 말이야."라는 말을 꺼낸 것을 기점으로 나도 모르게 눈물이 쏟아졌다. 이유도 설명하지 못한 채 진선이 무릎에 얼굴을 묻고 그대로 펑펑 울었다.

"얘들아 나는 이렇게 살아도 되는지 잘 모르겠어. 대학원 졸업하면 어떤 행복이 있어? 대기업 취직하면 행복해? 사람들을 보면 그런 것 같지가 않아. 힘든 순간이 너무 많아. 평생 불안정 안에 있는 게 인생의 속성이라면 주어진 삶이라는 게 너무 긴 것 같아. 앞으로 살아갈 날이 너무 아득해. 제일 빛나고 행복했던 시기는 이미 지난 기분이야."

앞뒤를 뚝뚝 잘라먹고 맥락 없는 말을 하며 울고 있는 내 등을 친구들이 토닥여줬다. 친구들은 나조차도 위로하지 않고 내버려 뒀던 나를 위로해줬다. 잊고 지내던 나의 좋은 모습을 여전히 알고 있다고 말해주었고, 의미 없다고 생각했던 가치를 의미 있고 소중한 것이라고 말해줬다. 감상에 빠지고 싶지 않아서 애써 회의적으로 다잡았던 마음이 너무 쉽게 풀어졌다.

"아니야, 이 시간이 지나면 좋은 일들이 더 많이 생길 거야."라는 말 대신, "맞아. 그래서 나도 대단히 나아지리라는 기대보다는 어떻게 하면 이곳에서 만족하며 살 수 있을지 찾아보고, 노력하는 중이야."라는 말을 들려주는 친구들 앞에서 편안해졌다. 대단한 솔루션 대신 자기도 똑같은 생각을 하고 산다고 말해주는 사람들 앞에서 지금이 삶의 어느 단면이자 과정임을 받아들여야겠다는 다짐 비슷한 것을 했다. 포기해야 할 것과 그럼에도 포기할 수 없는 것들에 대해 오래 이야기 나누었다.

완전히 무너지지 않기 위해서는 적절한 순간

에 조금씩 무너져야 한다. 삶은 가끔 아득하게 느껴질 정도로 장기전이니까. 비워야 새로운 것을 채울 수 있다는 사실쯤이야 이미 안다고 생각했지만, 여전히 비우는 게 참 어려운 일이라 이런 고민을 하고 산다.

그래도 나는 잘 살아보고 싶어. 크게 바뀔 일 없는 시간 속에서도 내 삶을 성의 있게 돌보고 싶어. 스스로를 위로해주고 싶고, 나의 좋은 면들을 알아주고 싶어.

10년의 생활을 분리하는 일

　　올여름의 초입, 10년을 동거하던 사람과의 생활을 끝냈다. 둘이서만 쌓아온 시간이 길어서 조금 겁도 났지만 혼자서도 잘 살아보자고 애써 풀어지는 마음을 다잡았다. 이런 나의 속도 모르고, 주위에서는 자꾸만 '너 정말 혼자서도 괜찮겠냐'고 야속한 질문을 해왔다. 5월 내내 매일같이 그 말을 들은 탓에 나중에는 그들의 애정 어린 관심도 조금 성가실 지경이 됐다. 다들 알잖아. 나 독립적인 사람인 것. 그리고 보기보다 꽤 야무진 편이라는 것. 괜한 오기까지 부려가며 아무렇지도 않다고 대답했다. 사실 10년 차 동거인은 한 살 터울의 여동생. 그렇다. 동생이 결혼했다.

본격적으로 동거 생활을 청산하며 5월 내내 동생은 짐을 챙겼다. 집은 계속 어수선했다. 집에 남는 사람은 나, 집을 떠나는 사람은 동생이었다. 모든 물건에 둘의 생활이 겹쳐 있어서 정리하고 나누는 것도 보통 일이 아니었다. 이 옷은 내가 자주 입고 다녔지만, 돈 주고 산 사람은 너였던 것 같은데. 어떤 물건이든 서로 기분 좋게 공유해왔기 때문에 살면서 아옹다옹할 일이 별로 없었는데, 이러한 성향이 생활을 분리할 때는 우리를 꽤 번거롭게 했다. 단정한 집을 바라보는 일이 나에게는 하나의 행복인지라 곧 빠질 짐들이 공간 곳곳에 널려 있는 것을 보는 것도 꽤 스트레스가 됐다. 그중에서도 제일 마음에 들지 않는 것은 괜한 감상에 빠지는 나 자신이었다. 동생이 쌓아 놓은 짐을 볼 때마다 진작 끝난 우리의 어린 시절이 다시 한 번 마무리 지어지는 것 같다는 생각이 들었기 때문이다. 나중에는 차라리 동생이 얼른 결혼해서 모든 과정이 끝나기를 바라기도 했다.

실제로 동생의 결혼 이후, 혼자 사는 삶에 적응하는 일은 크게 어렵지 않았다. 배려할 상대가 없어진 삶은 어떤 부분에서는 편하기도 했다. 저녁은 몇 시쯤 먹을 계획인지 확인하지 않아도 되고, 내가 배고픈 때 내가 먹고 싶은 것들을 챙겨 먹는 것도 좋았다. 새벽에 들어오는 날에는 다음 날 출근하는 동생이 깰까 조심스럽게 움직이지 않아도 됐다. 무엇보다 6월은 개인적인 일로 많이 바쁜 달이었다. 적응이라는 말마저 과분하게 느껴질 정도로 집에 붙어 있는 시간 자체가 거의 없었다. 차라리 바쁜 게 다행이라고 여겼고, 자연스럽게 둘의 공간에서 혼자의 공간으로 자리 잡고 있다고 느꼈다.

그러나 어느 늦은 밤에 버스에서 고개를 묻고, 소리도 내지 못한 채 운 날이 있었다. 아침에는 분명 비 온다는 소식이 없었는데 해가 지고 나니 비가 왔다. 버스 창가 자리에 앉아 토독 토독 맺히는 빗방울을 내다보는데 베란다에 널어놓은 빨래들이 생각났다. 빨래가 잘 마르라고 창문도 활짝 열어두고 나왔는데. 늘 그랬듯 동생에게 얼른 빨래 걷어두라고 메시지를 보내야겠다고 생각하다가, 더 이상 나 대신 비 오는 날 빨래를 걷어주는 사람이 없다는 사실이 떠올랐다. 순간 지금껏 바쁜 시간 속에서 묻어두었던 공허함이 한 번에 눈물로 밀려 나왔다. 고개를 푹 숙이고 우느라 무릎 위로 눈물이 다 떨어져서 바지에 눈물 자국이 생겼다. 결혼한 동생의 빈자리라는 표현보다는, 10년이라는 세월을 서로 의지하며 지냈던 동거인의 부재를 생각지도 못했던 곳에서 마주하고 느낀 당혹감에 가까웠다.

둘이 살면서 집에서 일어나는 크고 작은 일들을 자연스럽게 나누어 맡고 있었다. 큰일들은 주로 내가 처리했으나, 생활이 제자리를 찾도록 제때제때 섬세하게 주의를 기울이는 것은 모두 동생 몫이었다. 워낙 생색을 내지 않는 성격이라 그때는 모르고 지금에서야 알게 되었다. 며칠 후에는 칫솔이 닳아서 새 칫솔을 찾다가 또 조금 훌쩍거렸다. 부끄럽지만 나는 새 칫솔이 어디에 있는지도 몰랐다. 내 칫솔이 닳을 때쯤이면 새 칫솔로 바꿔놓는 것도 전부 동생이었는데 그런 배려 역시 눈여겨 본 적이 없었다. 혼자의 생활로 무사히 안착했다고 느꼈으나 사실은 나도 적응하기 위해 애쓰고 있었다는 것을 알게 되었고, 내가 더 많이 베풀고 있다고 느꼈으나 사실은 동생 역시 자신이 내줄 수 있는 최고의 사랑을 쏟고 있었다는 것을 깨닫게 되었다.

 고작 빨래나 칫솔 때문에 울었다면 멋진 교훈 하나 정도는 얻으면 좋을 텐데, 아직도 적응이라는 과정 안에서 하루하루를 보내고 있으므로 당장은 큰 깨달음이 없다. 더 이상 우는 일은 없지만, 내가 빨래 때문에 울 거라고는 생각해본 적 없었으니까 함부로 '적응 끝!'이라고 확신하기가 망설여진다. 한 몸처럼 지내던 10년의 생활을 분리하는 일, 함께하는 일만큼 어렵고 고된 일이다.

대화

"나는 그냥 대화만 잘 통하면 다른 건 별로여도 그럭저럭 넘길 수 있는 것 같아. 서로의 말에 완전히 동의하는 걸 말하는 게 아니라, 그런 거 있잖아. 진짜 마음이 통하는 대화. 우리가 연결되어 있다고 느껴지는 대화. 내가 너에게 말하고, 네가 나에게 말하는 대화.

눈에 보이거나 손에 잡히는 건 아니지만, 이런 무형의 순간이 나한테는 전부 같을 때가 많아서. 가끔은 웃고 떠들어도 이야기가 서로의 귀에서 튕겨 나가는 것 같을 때가 있거든. 그럴 때는 좀 외롭더라."

그리워서 애달프고,
손에 닿지 않아 안타까운 사람들아

지금까지의 경험을 돌이켜봤을 때, 나는 '보고 싶다'는 생각을 자주 하지 않는 쪽에 가까운 편이다. 몽글몽글한 마음이 보고 싶다는 언어로 정리도 되기 전, 진작에 상대를 만나러 나서는 사람이기 때문에. 마음과 행동을 잇는 선 같은 게 있다면 나의 경우 그 선이 유난히 짧다. 당장 보러 가지 못하더라도 그리움보다는 만나게 될 날에 대한 기대가 더 컸다. 이 세상 어딘가에 같이 살아 있는 한 노력과 의지로 언젠가 만날 수 있다고 믿고 있다.

예전에는 보고 싶다는 말을 밥 먹듯이 주고받는 사람들이 신기할 정도였다. 앞에서는 "그렇구나."라고 말하면서도 그들을 완전히 이해하지는 못했지. '보고 싶으면 보러 가면 되지 않을까?' 하는 건방진 호기심을 가지기도 했다. 지금도 아주 이해한다고 말할 수는 없다. 다만 '각자의 사정과 이유가 있겠지. 보고 싶은 사람 다 보고 살 수 있는 사람이 몇이나 되겠어' 정도로 그들의 마음을 받아들인다. 사람에 따라 능숙하게 대처할 수 있는 감정이 있는가 하면, 처음 젓가락질하는 아기처럼 매번 다루기 서툰 감정도 있는 거니까.

적어도 나에게 있어서 그리워서 애달프고, 손에 닿지 않아 안타까운 사람은 이 세상에 없는 사람이었다. 당신이 있는 곳이 어디인지를 몰라 편지를 써 보낼 수도 없는 사람들. 보고 싶다고 아무리 외쳐봐야 그 소리가 닿을지조차 알 수 없는 아주 멀리에 있는 사람들.

노력과 의지로 해결할 수 없는 일들은 종종 나를 괴롭게 한다. 이곳에 없는 사람을 그리워하는 일이 그렇다. 세상 어딘가에 살아 숨 쉬는 이를 떠올릴 때처럼 '살다 보면 언젠가는'이라고 무작정 미뤄

둘 수가 없다. 나중이 되어도, 몇 년이 지나도 그 '때'라는 게 영영 찾아오지 않을지도 몰라서.

 그리워서 애달프고, 손에 닿지 않아 안타까운 사람들아. 오늘은 내 꿈에 찾아와줘. 언제나 가까이에 있으니 너무 억울해 말라고 웃으면서 말해줘.

눈물은 웃음으로 지울 수 있다는 것

          2~3주에 한 번꼴로 엄청나게 큰 스티로폼 박스가 우리 집 앞으로 온다. 여름에는 어떤 과일이 나고, 가을에는 또 어떤 작물들이 자라나는지 밭이 아니라 그 박스를 통해서 알게 된다. 테이프로 꽁꽁 포장해놓은 탓에 해체하는 과정만 해도 5분이 족히 걸리는 그 네모난 상자 안에는 제철 과일뿐만 아니라 반찬도 있고 국도 있다. 가끔은 화장품이나 수세미, 샴푸까지도 딸려 온다. 고향에서 보내온 엄마의 택배다. 서울에도 과일이 있다고 아무리 말해봐야 소용없다. 똑같은 것도 거제도에서 자라는 게 훨씬 좋다고 생각하는 사람이다.

이번 택배에는 그 귀하다는 샤인 머스캣이 무려 세 송이나 있었다. 내가 좋아하는 명란젓도 있었고, 꽝꽝 얼어서 온 갈비찜도 있었다. 혼자 사는 내가 뭘 그렇게 많이 먹는다고, 우리 집 냉장실과 냉동실에는 엄마가 바리바리 싸서 보내는 음식이 사시사철 가득 차 있다. 덕분에 크게 장을 볼 일도 없다.

택배 잘 받았다고, 고맙다고 말하려고 전화를 걸었다가 엄마 목소리를 들으니 보고 싶은 마음에 눈물부터 왈칵 나왔다. 편도 4시간 반 거리의 고향은 가려고 마음먹는 것조차 쉽지 않다. "엄마 나 돈도 못 버는데 왜 이렇게 잘해줘? 고마워서 자꾸 눈물이 나." 하고 눈물을 주룩주룩 흘리고 코까지 킁킁 먹으면서 말했다. 보통 이런 상황에서는 엄마도 같이 눈물을 흘리거나, 우는 딸을 달래주는 게 보편적이겠지만 우리 엄마는 좀 다르다. 엄마는 장난기 가득한 목소리로 "돈 못 버니까 잘해주지! 돈 벌면 네가 알아서 사 먹어야지!"라고 되레 나를 놀려댔다. 엄마의 밝은 목소리에 여전히 코를 먹고 있으면서도 웃음이 터졌다.

돌이켜보면 엄마는 조그만 일에도 눈물부터 흘리는 나를 늘 웃게 하는 사람이었다. 덕분에 눈물은 두 손으로 닦기만 하는 것이 아니라 웃음으로 지울 수 있다는 것을 알게 되었다. 얼마 전, 동생 결혼식이 끝나고 한동안 주변 어른들이 번갈아가며 전화를 해왔다. 너도 이제 가야 하지 않겠냐고. 당장은 결혼할 마음이 없다는 나에게 '혼자 사는 인생은 불행한 거'라고 말하는 어른들의 목소리를 들으니 설움이 울컥 밀려왔다. 난 지금 잘 살고 있다고 아무리 말해도, 눈을 낮춰야 한다는 생뚱맞은 대답만 돌아올 뿐이었다. 성의 없이 전화를 끊고 엄마에게 바로 전화했고, 엉엉 울면서 이런 말 듣고 싶지 않다고 다 일러바쳤다. 엄마는 깜짝 놀라서 이게 다 무슨 소리냐고, 나는 지금 서울에서 혼자 사는 네가 세상에서 제일 부러운데 그 사람들이야말로 정말 아무것도 모른다고 한참 호들갑을 떨어서 나를 웃게 했다. 상상하지도 못한 대답이었다.

눈물을 웃음으로 지우는 방법을 아는 엄마는 타인의 아픔에 유독 민감한 사람이다. 그 누구의 아픔도 그냥 지나치지 못한다. 한창 마스크가 귀하던 시기에 엄마는 수중에 남아 있는 마스크 30장 중 10장을 아는 할머니에게 가져다줬다. 친한 할머니냐고 물어보니, 그것도 아니었다. 그냥 목욕탕에서 얼굴 몇 번 마주친 게 다인데 할머니가 어찌나 답답했던지 엄마를 붙잡고 자기는 마스크 사다 줄 자식도 없다며 하소연을 하더라고. 그래서 다음 날 정말로 가져다줬다고 말했다. 우리 가족 중 누구도 엄마에게 왜 그랬냐고 탓하지 않았다. 나 역시 엄마 정말 멋있다고, 잘했다고 칭찬만 잔뜩 해주었다. 엄마에게 그렇게 배워왔으니까.

기본적으로 잔소리하는 법이 잘 없는 엄마가 딱 한 가지 종종 반복하는 말이 있다. '가연아, 착한 끝은 있어도 악한 끝은 없대. 착하게 살아야 해 착하게.' 눈물뿐만이 아니라 화도 많은 나에게 하는 소리다. 매사 논리로 따지고 들기보다는 양보도 해주고, 이해도 해주고, 웃으면서 살라는 뜻이다. 정작 엄마 앞에서는 '아 몰라, 내 맘대로 할 거야!'라고 짜증을 부리지만, 사실 화가 날 때마다 하얗고 동글동글한 엄마의 얼굴을 닮은 그 말이 떠오른다. 신기하게도 그 말만 떠올리면 열 번 중 아홉 번의 짜증이 참아진다. 물론 속으로는 '너 우리 엄마 아니었으면 내 손에 죽었어.'라는 무시무시한 말을 하기는 하지만.

2~3주에 한 번꼴로 반찬과 제철 과일을 한가득 보내는 엄마, 내 눈물을 웃음으로 닦아주는 엄마, 다 자란 딸에게 바라는 일이라고는 착하게 사는 것밖에 없는 엄마, 돈 몇 푼 버는 게 중요한 게 아니라고 말하는 엄마, 재미있는 일을 하고 살라고, 행복만 하라는 말을 얼굴 볼 때마다 당부처럼 반복하는 엄마.

누군가는 나에게 그저 행복만 하기를 바라다니. 그 누군가는 내 눈물도 웃음으로 바꾸어주다니. 어쩐지 동화 속에만 나올 것 같은 말인데 엄마와 함께인 내가 그 동화 속의 주인공이다. 평생 행복하기만 하라는 엄마의 말도 안 되는 그 말을 자꾸만 입에서 굴려본다.

고민 상담

　　　　친구들 고민 상담해줄 때, 결국 내가 듣고 싶었던 말을 고스란히 돌려주게 된다.

"아니야, 네 잘못이 아니야. 나라도 그렇게 했을 거야. 너무나 이해해. 네 탓 하지 마."

어차피 답은 늘 정해져 있고, 친구는 그저 옆에서 등 쓸어주며 같이 고개 끄덕여주는 사람이라고 믿기에. 그런 말 한마디면 적어도 오늘 밤만큼은 한결 편하게 잠들 수 있다는 것을 알기에.

3부

이곳에 없는 여자들을 생각해요

 연애 때마다 사람은 바뀌었어도 절대 바뀌지 않는 것이 하나 있다. 이 모든 건 내가 숫자 외우는 데 아주 최악인 사람인 데에서 시작했다. 그것 때문에 늘 서운하다는 소리를 들었고, 미안하다는 소리를 달고 살았다. 사귀는 날짜를 기억 못 하는 건 아주 당연하고, 생일도 깜빡, 전화번호도 깜빡하니 상대방 입장에서는 서운할 수밖에. 다이어리에 꼬박꼬박 메모해놓았던 덕분에 생일 당일 "오늘은 바쁘니까 다음 주에 만나자" 따위의 헛소리를 하는 일은 없었으나 때때로 사랑을 시험하는 불심검문이 이루어지는 날들이 있었다. "너… 생일… 그… 봄 언제쯤이었더라…?" 하는 소리가 내 입에서 나오는 순간 말 그대로 파국이었다.

대신 이상하게 문장은 잘도 외운다. 좋아하는 책의 문장들을 외우는 건 당연하고, 친구가 던져놓고 잊었던 말도 고스란히 기억한다. "너 그때 이렇게 말한 거 정말 좋았어."라고 들려주면, 되레 상대방 쪽에서 "내가 그런 멋진 말을 했었어?" 하고 놀랄 때가 대부분이다. 인상적인 대화나 책 속의 장면들이 눈앞에서 펼쳐질 때면 내 마음의 녹화 버튼이 눌린다. 그 시점의 바람 냄새, 옷의 색깔까지 모두 다 저장된다. 이분법을 별로 좋아하지 않지만, 나는 확실히 문과형 사람이다. 숫자랑은 애초에 글러먹었다.

이런 나도 어떻게든 기억하겠다는 절박한 마음으로 외우고 다니는 숫자들이 있다. 세계 성평등 순위, 성폭력 범죄 피해자 중 여성 비율, 한 해 동안 살해당하는 여자의 수, 성별 임금 격차, 텔레그램 n번방 참여 인원 같은 숫자들이다. 여성 혐오 같은 건 존재하지 않는다고, 사회 요직에 있는 여성들이 얼마나 많냐고, 여성을 대상으로 한 범죄를 저지르는 사람은 아주 일부인데 페미니즘은 극단적이라고, '화해했으면 좋겠다'고 말하는 사람들 앞에서 나 역시 말하기 위해서다.

 웬만하면 넘어가고 싶다. 나 역시 여전히 공부 중이고, 내가 알고 있는 것들이 단 하나의 정답이라고 생각하지 않는다. 각자 문제를 해결하는 접근법이 다를 수 있다. 나야말로 행동으로나 지적으로나 턱없이 부족하다. 다만 여성을 둘러싼 현실의 존재 자체를 부정하면 피로함을 견디고 말을 꺼내는 수밖에 없다. 내 경험을 설명해봐야 '그건 단순히 너라는 개인의 일일 뿐, 네가 여자라서 일어난 일은 아니'라고 떠들어대니 숫자를 통해 증명하는 방법을 택했다. 숫자 역시 구멍이 뻥뻥 뚫려 있을 때가 많지만 문장으로 설명하는 것보다 쉽고 간단한 측면이 있으니까. 눈앞에 있는 개를 좀 이겨보고 싶다거나 다 큰 성인의 가치관을 변화시키겠다는 거창한 의미도 아니다. '너도 하고 싶은 말 할 거라면, 나도 하고 싶은 말 좀 할게. 대신 너보다는 좀 더 정확하게 말할게' 정도. 그래서 온갖 자질구레한 숫자들을 주머니에 차곡차곡 모아왔다.

하고 싶은 말(사실은 해야 할 말에 더 가깝다고 생각하지만)이 누군가의 심기를 거스를 수밖에 없을 때, 그래서 그 일이 조금 두려울 때 스스로에게 묻는다. 너의 목표가 무엇이냐고. 옳다고 생각하는 것을 옳다고 말하는 것이 중요한지, 모두에게 사랑받는 것이 더욱 의미 있는지. 당연히 내 대답은 전자이다. 모든 마음을 사랑이라고 표현하고 싶지 않으며, 어떤 사랑은 그 마음이 아무리 깊을지라도 받고 싶지 않다. 중요한 가치를 버리면서까지 누군가의 마음을 사고 싶지는 않다는 뜻이다.

특히 여성 인권과 관련한 문제는 차분하게 말할 자신이 있다. 하루아침에 뚝 떨어진 건 아니고 자주 연습했다. 상처받아도 울지 말기, 화가 나도 목소리를 높이지 않기. 그렇게 되기까지 너무 많은 무지와 몰이해 속에서 내 안의 삼각형이 닳고 닳아가는 기분이 들었다. 그 삼각형은 이제 모서리를 찾아볼 수 없을 정도로 둥글둥글해졌다. 슬픈 체념의 결과이지만, 덕분에 어느 정도의 냉정은 얻었다. 그 냉정을 지지대 삼아 가끔은 이 순간이 우리에게 허락된 마지막일까 두려운 마음을 뒤로한 채, 해야 한다고 믿는 말들을 한다.

 숫자를 외우고 다니는 내 모습이 구질구질하고 처량해 보이는 날도 있다. 내가 나임을 증명하기 위한 순간에도 온전히 나의 언어와 감정만으로는 설득할 수 없구나 싶어서 옅은 패배감이 느껴지기도 한다. 닳고 닳은 동그라미, 원래는 삼각형이었던 그것의 굴곡 없는 테두리를 매만지다 보면 에이드리언 리치의 책 〈우리 죽은 자들이 깨어날 때〉가 떠오른다. 그가 버지니아 울프의 〈자기만의 방〉을 읽고 쓴 내용 중 일부를 옮겨 적어본다.

 "몇 년 만에 〈자기만의 방〉을 다시 읽다가 그 산문의 어조에 어떤 안간힘과 수고로움, 집요한 조심스러움이 깃들어 있는 걸 깨닫고 굉장히 놀랐다. 나에게서, 또 다른 여성들에게서 많이 들어본 익숙한 어조였다. 자신의 분노가 만져질 듯 생생한데도, 절대로 화가 난 사람처럼 보이지 않겠다고 마음먹고, 기꺼이 침착하고 초연하고 심지어 매력적으로 보이려고 애쓰는 여성의 어조였다."

버지니아 울프의 〈자기만의 방〉은 1929년 작품, 에이드리언 리치가 이 글을 쓴 건 1971년, 그리고 지금의 나는 2021년을 살고 있다.

나라고 왜 적당히 넘어가고 싶지 않을까. 그렇지만 모르는 척하고 지낼 때, 다른 여성의 피해가 나의 일이 아니라고 선 그을 때 그 행동들이 전혀 위안이 되지 않았다. 오히려 그것이 내 정신을 갉아먹어서 내가 연약해지는 느낌마저 들었다. 당장은 힘겹더라도 어느 정도 응시할 때 차라리 조금 강해지는 것 같았다.

1971년의 에이드리언 리치가 그랬듯, 2021년의 나도 이곳에 없는 여자들을 생각한다. 감히 숫자로도 설명할 길 없는 여자들을 생각한다. 어떤 숫자는 문장 같다. 여기 이 자리에 편하게 앉아 온갖 자질구레한 숫자라도 외워본다.

아직은 타임머신이 없어서

　　　　　대학원 동기들 사이에서 내 신용도는 1++++이다. 이 1++++의 신용도란, 학교 홈페이지에 떡하니 올라와 있는 정보조차도 친구들이 내 입을 통해 확인하는 수준을 뜻한다. 신용도가 높은 것과는 별개로 친절하기만 한 성격은 아니기 때문에 "그거 학교 홈페이지에 다 나와 있거든?"이라고 쏘아붙인다. 이런 까칠한 대답에도 언니가 학교 홈페이지보다 더 잘 알 것 같다며 배시시 웃는 얼굴을 보는데, 얄미운 마음이 하나도 들지 않았다. 이런 내가 문제라면 문제겠지. 투덜거리면서도 옆에 앉혀놓고 하나하나 알려주었다. 같은 학기에 입학한 사람 중 지금까지 남아 있는 사람은 나 포함 4

명이다. 몇 명이 더 있었지만 시간이 흘러 그렇게 되었겠다.

며칠 전에는 모여서 한참 떠들다 우리 4명을 차가운 로봇, 따뜻한 로봇, 차가운 인간, 따뜻한 인간에 한 명씩 매치해봤다. 어디서 유행하는 건 아니고 우리끼리 하는 놀이다. 따뜻한 로봇은 영혼 없이 친절한 성격, 따뜻한 인간은 마음 자체가 따뜻하고 말도 다정하게 하는 사람을 뜻한다. 나는 당연히 '차가운 인간'. 까칠하게 굴면서도 다 챙겨주고 있기 때문이란다. 친구들 과제 제출이 늦어지면 일찌감치 완성된 내 과제까지 보여주며 재촉하는 사람. 학교 생활에 문제가 생기면 대표로 나서서 해결하는 사람. 그러면서도 친구들의 고맙다는 말에는 "알면 잘해."라고 한마디 덧붙이고야 마는 차가운 인간.

변명을 늘어놓자면, 동기들의 배경부터 설명해야 하겠다. 나를 제외한 3명은 모두 한 연구실 소속이다. 동기들이 소속되어 있는 연구실은 유독 프로젝트가 많다. 밤낮 할 것 없이 꽉 채운 하루를 살아가는 친구들은 가끔 정신줄도 놓았고 수업도 놓았다. 수업에서 나 혼자 잘하면 나 혼자 칭찬이야 받겠지만, 칭찬받아서 어디다 써. 국 끓여 먹을 것도 아니고. 이번 학기는 다들 학위 논문을 쓰는 학기였기 때문에 좀 더 챙길 게 많았다. 논문도 일종의 글인지라(그것도 어마무시한 장편), 글 쓰는 일에 비교적 덜 익숙한 친구에게 서론 쓰는 방법을 알려주는 것부터 시작해서 선배들에게 물어보고 모아두었던 팁을 공유하고, 논문 책자를 만들기 위해 인쇄소에 연락하는 것까지 도맡아서 했다. 다행히 나는 친구들보다 논문 준비를 일찍 시작한 탓에 비교적 여유가 있었다. 어려운 일도 아니었다. 대학원에서 졸업을 한 학기 미룬다는 말은 자퇴와 비슷한 의미로 사용된다. 마지막 학기까지 함께 온 만큼 졸업도 꼭 함께 하고 싶었다.

적어놓고 보니 내가 대단히 착한 사람이라도 되는 것 같지만 절대로 그렇지는 않다. 이건 확신한다. 착한 어린이 상을 받은 적도 없거니와, 그런 이미지가 탐났던 적 역시 없다. 옆에서 잔소리하면 짜증이 날 법도 한데 싫은 소리는커녕 늘 언니 덕분이라고 말해주는 동기들 쪽이 훨씬 착하다. 대신

오지랖은 좀 넓은 편이다. 동기들이 전부 나보다 나이가 어린데, 어린 사람들에게 유독 약한 내 성격도 한몫하겠지.

이런저런 이유가 있겠지만 무엇보다 나 스스로 누군가의 구원자가 되는 역할에 아주 만족하기 때문이라는 것을 잘 알고 있다. 귀찮다고 투덜거리면서도 가까이 있는 사람들에게 조금이나마 도움이 되는 것에 크게 안심하고 있으니까. 궁극적으로는 상대가 아니라 내 마음의 평화를 위해서 하는 일이다.

딱 하나 바라는 게 있다. 감히 나의 능력으로는 불가능한 일이라는 것을 알면서도 나와 공동체를 이루고 있는 사람이라면 누구든 안정적인 선 안에 머물 수 있도록 돕고 싶다. 구원자라는 말을 하긴 했지만 그 단어는 사실 너무 거창하다. 그럴 깜냥도 안 된다. 그저 사람들이 선 밖으로 밀려나지 않도록 꼭 붙들고 싶다. 상대가 좀 미워도 예외는 없다. 사랑하는 이를 허무하게 떠나보낸 기억이 있다면 누구든 나와 비슷한 마음을 먹지 않을까. 어려운 일인 것을 알지만 단 하루, 단 몇 시간의 살고 싶은 이유라도 좀 만들어주고 싶은 욕심. 책임감이라기보다는 후회와 미련에 가까운 감정인 것 같기도 하다.

이제는 더 견딜 수가 없어 담배를 피우기 시작했다는 또 다른 친구의 이야기를 들었던 날에는 그를 위로하기는커녕 바보처럼 엉엉 울기나 했다. "나 진짜 아무것도 몰랐어. 담배 피울 수도 있다는 거 다 아는데, 이거 아무것도 아닌 거 아는데, 그런데 정말 몰랐어."라고 두서없는 말이나 늘어놓으며. 그 순간에는 담배가 하나의 척도인 것만 같아서 두려웠다. 주변 사람의 좌절 하나 눈치채지 못한 내가 원망스러웠다. 우는 내 얼굴을 보던 친구도 따라 울었다. 자기 때문에 누군가 울어주는 일이 처음이라 눈물이 난다고 했다. 둘이서 훌쩍거리다 "우리 지금 참 이상하다. 담배 때문에 이게 뭐야." 따위의 실없는 소리를 하면서 눈물을 눈가에 대롱대롱 매달고 웃었다. 고작 담배 하나에 지나친 의미 부여였나 싶어서 쑥스럽지만, 시간을 돌려도 나는 바보처럼 또 울겠지. 가끔은 그럴듯한 말보다 나보다 먼저 울어주는 바보 같은 사람이 위로될 때가 있다는 것을 안다. 내가 아프면 누군가 함께 아프다는 사실만으로 덜 아프고 싶어지는 날이 있다.

모든 일엔 이유가 있겠지. 벌어진 일 앞에서 내가 할 수 있는 것은 그 이유를 따지며 열을 올리는 것이 아니라, 일 이후에 생겨난 고민의 부산물들을 행동으로 부지런히 옮겨가는 것밖에 없다고 믿는다. 나의 후회와 미련이 현재 내 모든 행동의 동력이 되는 것처럼. 아직은 타임머신이 없어서, 이것이야말로 내가 할 수 있는 일의 '전부'이기도 하다.

아무것도 바꿀 수 없다는 것을 알면서도 멈추지 않는 것. 나의 힘을 과대평가하는 것이 아닌, 내가 할 수 있는 최선을 다하는 것. 떠나간 이를 붙잡지 못한 나와 다른 사람들의 후회와 미련이 이 세상에 남아 있는 사람들이나마 붙잡는 동력으로 전환되었으면 좋겠다.

듣는 이 없는 말을 종종 속으로 되뇌곤 한다. 내가 잘하겠다고. 곁에 있는 사람들이라도 꼭 붙들고 있어보겠다고.

수지타산 안 맞는 장사

어쩌다 보니 좋아하는 일들이 죄다 투자 대비 실질적 이득, 그러니까 효율이 별로 높지 않은 것들이다. 좋아하는 일도 그렇지만 타고난 성격 자체가 그렇다. 수치적인 감각이 별로 발달된 편이 아니라 그런 것도 같다. 시간이 들고 당장은 조금 고생스러워도 몸으로 부딪치며 겪는다. 굳이 플러스와 마이너스의 계산이 들어가야 한다면 나의 계산법엔 그 경험까지도 총체적으로 포함되는 거겠지.

서두가 길었지만, 사실은 이 이야기가 하고 싶다. 저번주 금요일 밤, 친구와 책을 읽으려고 만났다. 이왕 읽는 거 분위기 좋은 곳에서 맛있는 술도 마시며 책 읽기 좋아하는 친구와 함께 읽고 싶어서. 독서야말로 협업 같은 건 없는 독립적인 활동이라지만 이럴 때 보면 꼭 그렇지도 않다. 화이트 와인까지 시켜놓고 둘이서 책을 읽고 있는데, 문득 이거 정말 비효율적이라는 생각이 들었다. 우리가 세상에서 제일 효율 떨어지는 일 좋아하는 사람들 같다는 말을 웃으면서 주고받았다.

수치로 따지자면 정말 그렇다. 독서라는 행위가 나에게 어떤 가시적인 변화, 지표에서의 움직임 같은 걸 가져다주지는 않는다. 그날 나는 하루키의 책을 읽었고, 친구는 소수자의 인권에 관한 책을 읽었으니 더더욱 특정 기술의 연마와는 관계가 없다. 그날처럼 조금 더 마음에 드는 환경에서 책을 읽기 위해 굳이 괜찮은 장소까지 찾아간 날이면 와인까지 마시니까 마이너스다. 수지타산이 안 맞아도 한참 안 맞는 거지.

아무도 알아주지 않고, 당사자들마저 '비효율'이라고 이름 붙이는 시간이 가지는 의미는 무엇일까. 우리는 왜 책을 읽기 위한 약속을 했을까. 자조적으로 말하긴 했지만 실은 세상 기준이 어떻든 적어도 친구와 나, 우리의 세계 안에서는 아주아주 큰 의미를 가진다.

책을 읽는 과정이 촘촘하게 잘 짜인 다른 세계를 들여다볼 수 있는 일이라고 생각한다면, 활자를 통해 그 세계를 구경하는 동안은 잠시나마 내가 아닌 다른 자아를 경험하게 된다. 내가 나이기 때문에 온전히 내 경험 안에서만 머무를 수밖에 없던 한계를 벗어난다. 때로는 자발적으로, 때로는 밀물에 휩쓸리듯.

내가 나 아니게 되는 경험의 순간들이 겹겹이 쌓이고 쌓일 때, 제3의 시선으로 나의 세계도 거리감을 가지고 관조하듯이 바라볼 수 있게 되었다. 아무것도 바뀐 게 없는 내 세계를 또 다른 시선으로 바라볼 때면 시시해 보였지만 실은 빛나고 있던 순간들이 포착되었다. 거기에는 초여름의 어느 날 친구들과 돗자리 깔고 누워 서로의 비밀 얘기를 하나씩 꺼내던 밤이 있었고, 아무도 볼 수 없는 다이어리에 스티커를 붙여가며 공들여 꾸미는 새벽의 나도 있었다. 반복되는 일상 속 스쳐 지나갔던 그 순간의 의미를 되새길 때 평면으로만 보였던 내 하루하루에 레이어가 생기고, 세계가 더욱 풍성해졌다.

이 시간이 당장 가시적인 성과로 나타나지 않더라도, 책 10권을 읽을 때마다 누가 칭찬 스티커 하나 주지 않더라도(누가 주면 좋긴 하겠다.) 반복되는 일상을 새로운 의미로 읽어낼 수 있다면 그 자체로 꽤 남는 장사라고 나는 믿고 있다.

독서는 대부분 정적인 것 같지만 가끔은 '발견'에 가깝다고 말할 수 있을 정도로 동적인 순간이 있다. 이 행위가 주는 즐거움이 무엇인지 아는 이상 시간도 돈도 들일 수밖에 없다. 포기가 어렵다.

무례한 말을 하는 당신과 나에게

연구실에서 친구들과 시시껄렁한 이야기를 주고받던 중, 누군가 주말 동안 '무례하게 말하는 사람들에게 대처하는 방법'을 주제로 한 유튜브 영상을 봤다고 말했다. 제시하는 상황이나 대처법들이 정말 재밌었다고. 들어보니 말 그대로 무례한 상황에 놓였을 때 어떻게 대응해야 하는지에 대한 일종의 매뉴얼을 담고 있는 내용이었다.

그 동영상에서는 하나의 해결책으로 '자기 비하'를 들었다. 여기서 자기 비하란 예의를 갖추지 않은 채 말하는 사람과 대화를 길게 이어가고 싶지 않을 때 사용하는 요령으로, 무안한 상황을 만들어

상대의 입을 다물게 하는 것이다. "사회생활 참 못하시네요."라고 말하는 사람이 있다면, "그러게요. 저 참 사회생활 못하죠? 어디 가서 돈 주고 좀 배워야겠어요. 호호."라고 대답하는 식이다. 그러면 상대도 "아니 뭘 그렇게까지…"라고 말하며 머쓱해져서 한 발 물러서게 된다는 그런… 뭐… 납득이 가지 않는 이야기. 한참 듣다가 "언니, 그냥 '그런 말 하시는 너는 사회생활 참 잘하시네요'라고 말하면 안 돼?"하고 물었다. 언니들은 너 그럴 줄 알았다는 듯 웃으며 대답했다. "안돼, 가연아. 그건 싸우는 거고."

맞아. 모두와 싸울 수는 없지. 하지만 싸울 때는 싸우더라도 무례한 사람들 앞에서 마음에도 없는 자기 비하 하고 싶지 않아. 그 사람들이 눈치 없이 어떤 종류의 승리감에 도취되는 긴 더 싫어.

얼마 전부터는 조금 방법을 바꿨다. 이것도 일종의 무안 주기 방법인데 상대방을 시류를 전혀 읽지 못하는 사람, 세련과는 거리가 있는 사람으로 만드는 것이다. 예를 들어 이런 식이다. 누군가 내 인생에 대해 요구한 적 없는 어깃장을 놓을 때는 아주 호들갑을 떨어댄다. "헉! 요즘 그런 말 진짜 다들 입 밖으로 안 꺼내는데! 저 그런 말 진짜 오랜만에 들어봐요. 와~ 요즘도 이렇게 말하는 사람이 있구나! 신기해요!"라고.

며칠 전에는 맥주를 사기 위해 동네 슈퍼에 갔다. 사장님은 내가 갈 때마다 개인 신상에 대해 꼬치꼬치 묻더니, 이번에는 기어코 대학원 다닌다는 사실까지 알아내셨다. 뻔하디뻔한 충고가 이어졌다. 여자가 그렇게 오래 공부해봤자 아무 필요 없다고, 시집만 잘 가면 된다고. 이 레퍼토리는 너무 많이 들어서 지루하던 참이었다. 덕분에 "와... 요즘에는 그런 말 하시면 잡혀가시는데. 조만간 큰일 나시겠어요."라고 침착하게 대답할 여유도 있었다. 대답은 듣지 않고 곧장 나왔다. 사장님의 가계 살림에 단 한 푼도 보탬이 되고 싶지 않아, 그 이후로는 조금 더 걸어가야 있는 편의점에 간다. 내가 얼마나 많이 먹고 마시는데. 큰 고객을 잃으신 셈이다.

재미있는 점은 사람들은 착하고 예의 바른 이

미지에는 크게 욕심을 내지 않으면서도, 나이가 많건 적건 '현시대의 문법을 잘 읽는 세련된 이미지'에는 달려들기 마련이라 이게 꽤 먹힌다는 것. 대부분 입을 다물고 머쓱한 표정을 지으며 웃거나, 잘 몰랐다고 대답한다. 무엇보다 내가 이 방법을 선호하는 이유는 미소를 띠면서도 노골적으로 상대의 잘못을 지적할 수 있어서. 화내는 것도 보통 피곤한 일이 아니거든. 동영상에서 말하는 방법도 이런 맥락에서는 이해할 수 있다. 가뜩이나 피곤한 세상, 이상한 사람들에게 내 시간과 에너지를 낭비하지 말라는 말이겠지.

대화를 나누던 우리 모두, 누군가의 잘못을 짚어주고 내 기분을 설명하는 일에는 너무나 큰 에너지가 든다는 사실에 공감했다. 말을 꺼내는 사람조차 결코 쉬워서 그 길을 택한 것이 아니다. 일상을 함께하는 사람이 무례를 범했을 때는 조금 더 어려워진다. '당신이 원래 그런 사람이 아니라, 그저 한 번의 실수를 한 것이라고 믿어요'라는 애정과 신뢰가 뒷받침될 때 비로소 대화가 시작되겠지.

물론 사람마다 적절한 대처법이 있을 것이다. 대화를 시작하는 일마저 말 그대로 대화가 가능한 사이에서나 할 수 있다. 회사 상사 붙잡고 잘못을 지적할 수도 없을 테고, 지하철에서 난데없이 화풀이하는 사람과 합리적인 대화가 통할 리 없겠지. 나 역시 불편한 마음을 입 밖으로 꺼내는 일이 정의에 가깝다고 믿기 때문에 그렇게 행동하는 것은 아니다. 그냥 그쪽이 성격상 편하니까. 편하게 살고 싶어서. 특히 관계는 단순하고 평평하게 만들어나가고 싶으니까.

이 정도의 실수라면 가해자가 되는 것보다는 피해자로 사는 편을 택하고 싶지만, 나는 자주 가해자가 되고 만다. 송곳같이 날카로운 내 언어로 사랑하는 사람을 다치게 할 때가 있다. 그럴 때마다 이런 나를 외면하기보다는 당신의 시간과 애정과 믿음을 쏟아서 내 두 손을 붙잡고 조심스레 이야기 꺼내던 노력의 얼굴들을 떠올려본다. 그리고 그 앞에서 얼굴은 빨개졌을지라도, 정말로 달라져야겠다고 다짐하던 그 순간도.

분명히 그런 순간들로 나는 지금의 내가 됐을 것이다. 그들이 베풀어준 사랑을 떠올릴 때면 두 주먹에 슬며시 힘이 풀린다. 나도 누군가에게 다시 한 번 손 내밀어야지 마음먹는다. 사랑과 인내가 나에게만 고여 있으면 안 되니까. 자원이란 돌고 돌 때 의미가 생기니까.

차라리 돈으로 해결하는 편이 시간과 애정과 믿음을 들이는 편보다 조금 쉬울지도 모른다. 그런 것들이 돈보다 귀한 세상을 살고 있다.

뼛속에 아로새겨지는 기억

주변 사람들이 한 가지 일로 인해 오래 고통스러워할 때가 있다. 시간이 지나도 그 일의 그림자에서 벗어나지 못하는 자신을 원망하기도 한다. 나의 언어로는 차마 그 마음을 어루만질 수가 없어 조심스럽게 빌려오는 책의 내용이 있다. 백은하 작가의 〈안녕 뉴욕〉이라는 책 속 한 문장이다.

"대부분의 기억에겐 시간이 약이지만, 어떤 기억들은 뇌가 아니라 뼛속에 아로새겨져 시간의 흐름과 상관없이 명징한 자국을 남긴다."

영화 기자가 쓴 책인 만큼 영화와 관련된 내용

을 읽고 싶어서 골라 든 책이었지만, 내 안에는 이 문장만이 자리 잡게 되었다. 항상 외우고 다니는 이 내용을 상대에게 들려주며 말한다. 어쩌면 그게 삶인 것 같다고. 어떤 일은 가끔 사고처럼, 또 운명처럼 일어나는 것 같다고. 그 자국이 길게 갈 때가 있는 것 같다고. 절대 너의 잘못이 아니라고.

　　백은하의 이 문장은 내 가슴속에 말 그대로 명징한 자국을 남겼다. '대부분의 기억에겐 시간이 약이지만'과 '어떤 기억들은 뇌가 아니라 뼛속에 아로새겨져'라는 어구가 대조되며 만들어지는 리듬감이 좋았고, '명징'이나 '아로새겨져'와 같은 자주 쓰지 않던 어휘를 마주치게 된 것이 그랬다. 무엇보다 이 문장을 마주한 후, '시간이 모든 것을 해결해 줄 것'이라는 내 세상의 절대적인 질서가 무너지는 것만 같은 기분이 들었다. 힘들 때마다 '지금은 아프지만, 나중에는 다 괜찮아질 거야'라는 말을 주문처럼 외면서 버티던 시간이 있었다. 당시에는 그것이 구원의 약속과도 같았으나 실제로 어떤 기억들은 10년, 20년이 지나서도 뼛속에 아로새겨진 것같이 선명한 상처의 자국들로 남아 있다.

입 밖으로 꺼내기도 어려운 자국들을 돌이켜본다. 오래 의지했던 사람이 세상을 떠난 어느 겨울의 일이 그렇고, 중환자실에 입원해 있던 할머니를 만나러 가며 어린아이처럼 엉엉 울던 엄마의 옆얼굴을 보던 때가 그렇다. 3년 만난 남자친구와 이별의 순간을 직감하던 권태의 어느 날도 그랬다. 대부분 상실의 순간이다. 더 들어가보자면 거대한 상실 앞에서 내가 아무것도 해결할 수 없고, 도움도 될 수 없다는 무력함을 느꼈을 때다. 먼지보다 가벼운 존재가 되는 기분이었고, 불어오는 한낱 바람에도 영영 사라져버릴 것 같았다.

그런 순간들은 뇌가 아닌 뼛속에 새겨진다. 그렇게 새겨지는 기억들을 상쇄할 수 있게끔 행복의 기억들도 오래오래 남아 있으면 좋겠지만, 기뻤던 순간의 감정은 생각보다 그렇게 오래가지 않았다. 가슴 벅찬 날들도 많았으나, 시간이 얼마간 흐른 후에는 '그때 참 좋았지' 정도의 단편적인 감상만 남긴 채 휘발되었다.

하지만 지워지지 않는 자국들이 나에게 그늘

만 남기지는 않았다. 분명히 나는 그 상처들을 통해서 달라지기도 했다. '외상 후 트라우마'를 뜻하는 PTSD(post traumatic stress disorder)라는 용어가 있다. 그런가 하면 그보다 덜 친숙하지만, '외상 후 성장'을 의미하는 PTG(post traumatic growth)라는 용어도 존재한다. 큰 사고를 겪은 사람들이 사고 이후, 단순한 회복뿐만 아니라 긍정적인 변화를 겪는 경우가 있다고 한다. 굳이 언급할 필요도 없이, 겪지 않았다면 더 좋았을 일이다. 그러나 나 역시 몇 차례의 과정을 지나오며 함부로 누군가의 아픔을 가늠하지 않게 되었다. 밝은 순간들로 자라났으나 아픈 순간들로 깊어졌다. 우리는 무너지기도 하지만 그래서 더 단단해지기도 한다. 대단한 업적을 이루지 못하더라도 살아서 숨 쉬는 매분, 매초 그 자체가 내 성장의 과정이자 증거이지 않을까.

슬픔은 노력하지 않아도 자주 뼛속에 새겨지기 때문에, 기쁨의 순간은 노력을 통해 기록한다. 잊지 않고 붙잡기 위해서다. 슬픔과 무기력함이 나를 잠식하려 하는 날, 사소한 행복의 기록을 꺼내어 본다. 속수무책 새겨지는 아픔과 내가 할 수 있는 모든 노력을 기울여 새겨놓는 일상의 작은 기쁨이 내 몸 안에 섞인 채 살아간다.

〈안녕 뉴욕〉 속 문장을 읊어준 후 언제나 덧붙이는 말이 있다. 그 기억에서 벗어나지 못하는 자신을 원망하기보다는 그 기억을 끌어안고서도 이렇게 잘 살고 있는 스스로를 자랑스러워하는 게 어떻냐고. 내 두 눈에는 지금 모습도 충분하다고. 내 진심이 너의 아픈 마음에 내려앉기를 바라며.

무대 아래로 내려와야
할 수 있는 이야기

　현재 진행형인 일에 대해서 공개적으로 글을 쓰는 경우는 드물다. 무얼 먹고 무얼 듣고 있는지 따위의 신변잡기적인 것 말고, 내 일상을 지배할 정도의 중요한 일에 대해서 그렇다. 무대 아래로 내려와야만 할 수 있는 이야기가 있다고 믿기 때문이다. 무대가 진행되는 동안 시시각각 변하는 내 감정을 덜컥 남기고 싶지 않다. 감정의 진폭이 큰 나라는 배우를 그런 면에서 신뢰하지 않는다. 오래오래 곱씹고 생각해보고 난 뒤에, 그래도 하고 싶은 말이 있을 때, 그때 한 줄이라도 공유한다.

　이유는 또 있다. SNS의 네모난 창을 통해서 굉

장히 많은 것을 보여주고 있는 나라는 사람이 이 시점에서 가장 중요하게 여기는 것 혹은 일상을 가장 정확히 관통하는 것은 타인에게 보여주지 않는 일이 짜릿하다. 다른 사람들은 애초에 내가 무엇을 숨기고 드러내는지 관심 없다는 사실까지 재밌다. 나의 전공이 무엇인지, 이번 학기에는 무슨 일이 있었는지, 현재 어떤 것이 가장 중요한지 SNS에 남기지 않는 것은 그런 이유에서다. 조금 이상할 수 있는 이 룰은 연애에도 적용되어서 지금껏 연애가 현재 진행형일 때 단 한 번도 공개적인 창구에서 말을 한 적이 없다.

아무튼 이 정도로 이상한 곳에서 깐깐한 구석이 있는 내가 얼마 전 하나의 무대에서 내려왔다. 내려온 지 벌써 반년 가까이가 된 그 무대가 어땠는지 이제는 공개적으로 말해보고 싶다.

그 무대는 트위터. 작년 6월부터 시작해 불꽃같이 하던 트위터를 올해 2월에 그만두었다. 시작 계기는 좋아하게 된 아이돌이었다. 하나에 꽂히면 잘 변하는 법이 없는 나는 원래 10년 가까이를 한

명의 아이돌만 좋아했었다. 10년 내내 일명 '팬질' 방식을 그대로 고수해왔었고, 굳이 새로운 것을 시도해볼 생각조차 하지 않았다. 그러나 새로운 애정의 대상이 생긴 후, 10년 만에 맞닥뜨리게 된 세상은 너무나 많은 것들이 바뀌어 있었다. 가장 중요한 플랫폼부터가 홈페이지에서 트위터로 변했다. 정보를 얻고, 자료를 얻기 위해서는 트위터로 가야 했다. 아무것도 모르는 상태에서 계정을 만들고 혼자 주절주절 떠들다 보니 자연스럽게 팔로워도 팔로잉도 생겼다. 여타 SNS가 지인 네트워크를 중심으로 이루어진다면, 트위터에서는 얼굴도 이름도 모르는 사람들과 관계를 만들어나갔다. 아이돌 주제가 아닌 내 일상 이야기 위주의 계정도 따로 만들 만큼 푹 빠지게 됐다.

현실에서는 우리가 암묵적으로 합의 본 감정 노출의 선이 있다면, 트위터에서는 그걸 넘어선 감상과 감정과 감성 모두 공유할 수 있다는 게 좋았다. 분명 조금 더 어릴 땐 현실에서도 다들 많이 웃고 많이 울었던 거 같은데 말이지. 성장과 감정 컨트롤 간에는 어떠한 상관관계가 있어서 서로에게 괜한 피로함이 되지 않기 위해서, 어쩌면 민낯 내보인 후 부끄러운 것이 싫어서 '우리 여기까지만 보여주자'고 합의 봤는지도 모르겠다. 그렇지만 나는 우리가 합의해놓은 그 선을 자주 까먹고 조그만 일에도 쉽게 웃고 운다. 주위 사람들은 이런 나를 자주 신기해하고, 가끔은 여전한 내 감정의 진폭이 부럽다고도 한다. 그런 말을 들을 때면 나만 아직 과거에 멈춰 있는 건 아닐까 싶어 부끄러워지기도 했다.

트위터 공간에서는 서로의 합의의 선이 굉장히 관대했다. 아직도 덜 자란 나는 얼굴을 모르는 친구들 앞에서 이런저런 부끄러움이나 미안함 없이도 많은 이야기들을 꺼낼 수 있었다. 가끔은 집단적 독백 같고 가끔은 술자리 대화 같았다. 그 안에서 더 섬세하고 자세하게 나의 내면을 들여다볼 수 있었던 순간들은 대체 불가능한 휴식이 되어주었다.

덕분에 좋은 친구들도 몇 사귀었다. 가끔은 어디에도 보여준 적 없는 내 글도 공유했다. 그들에게 내 글, 내가 가진 삶의 태도, 트위터상에서 편집된 나의 자아에 대해 긍정적인 말을 많이 들었다. 듣기 좋았다. 그들은 칭찬도 훨씬 부드럽고 다정하게 하는 사람들이었으니까. 당연히 점점 의지하는 마음의 크기도 늘어갔다. 그러나 그 크기가 커져갈수록 무언가 잘못 돌아가고 있다는 생각도 함께 들었다. 나를 잘 알지 못하는 사람들의 따뜻한 칭찬과 긍정적인 평가가 마음을 좀 복잡하게 했고, 실제로 만나보지 못한 사람들의 말에 기분이 좋아지는 스스로의 모습이 영 내키지 않았다. 나를 향한 비판과 비난에는 그러려니 하면서도, 칭찬에는 언제나 여름날 얼음처럼 스르륵 녹아버리는 사람이라 더욱 그랬는지도 모른다. 허상에 매달려서 시간을 낭비하고 있다는 생각을 지울 수가 없었다.

적어도 나에게 있어서 나를 잘 모르는 사람들의 칭찬은 순간적인 기쁨 말고는 아무 의미가 없었다. 그걸 알면서도 자꾸만 의젓하고 그럴듯한 모습만 꾸며내어 보여주고 싶은 스스로를 마주하게 되었다. 결심이 필요했다. 좋은 사람이 되고 싶지만, 그것만이 유일한 목표는 아니니까.

무대에서 내려와야겠다는 결심은 행동으로 이

어졌다. 고작 SNS 하나에 이렇게까지 단호하게 구는 모습을 두고 누구는 참 너답다고 말했고, 누구는 왜 이렇게 복잡하게 사냐고 물어오기도 했다. 나 역시 지나치게 비장하게 구는 건 아닌가 싶기도 했다. 그러나 어느 순간에는 삶의 중심이 현실이 아닌 그곳으로 옮겨갈 것만 같아 두려웠다.

후자의 질문을 한 친구에게 말했다. 언젠가는 그곳에서 인생을 통달한 사람인 양 굴까 봐 걱정된다고. 나를 모르는 사람들의 칭찬에 자주 녹아서 좋은 사람인 척하게 된다고. 모자란 부분을 어쩔 수 없이 들킨 날에는 부끄러워하며 잠들고 싶다고. 그리고 이런 나를 아낌없이 사랑해주는 너희에게 칭찬도 듣고 싶다고. 다른 곳이 아닌 지금 이곳에서 그렇게 살고 싶다고.

이 글에서마저 단호하게 말하고 있지만 실은 좋았던 점 역시 셀 수 없이 많았던, 대체 불가능한 그 무대가 가끔 떠오르기도 한다. 편집되었던 모습일지언정 가짜를 나눈 적은 단 한 번도 없었으니까. 얼굴은 멀어도 마음만은 가까웠던 나의 온라인 친구들도 그립다. 그들이 나에게 보내주었던 섬세하고 다정한 언어는 내 기억 속 좋은 자리에 잘 묻어두고 싶다. 별다른 연락처를 모르기 때문에 안부 인사조차 할 수 없겠지만, 어쩔 수 없지. 그냥 그런 인연도 있겠거니.

두 발 붙이고 지내는 이곳에서는 자주 감정을 삼키며 살아간다. 늘 칭찬만 들을 수도 없다. 가끔은 눈물 쏙 빠지게 혼도 난다. 확실히 안온하지만은 않다. 그러나 나는 그런 것들을 바란 적이 없다. 그저 땅에 단단히 서서 가끔은 비도 맞고 햇볕도 쬐며 그렇게 하루하루를 살고 싶을 뿐.

"실수할 수 있어. 어른들도 실수해."

연희동의 중식당에서 수현이와 저녁을 먹었다. 테이블 간격이 유독 좁았던 탓에 옆 테이블과 같이 식사하는 느낌마저 들었다. 주말 저녁이라 어쩔 수 없었다지만 여기저기 전부 시끄러워서 정신이 하나도 없었다. 그렇게 식사를 이어나가던 중, 옆자리의 아이가 장난을 치다 수저통을 쏟았다. 쇠로 만들어진 수저가 우당탕탕 떨어졌다. 엄청나게 큰 소리가 식당 전체를 울렸고, 사람들의 이목이 집중되었다. 7살 정도 되어 보이는 아이도 깜짝 놀라서 주위 눈치를 봤다. "조심했어야지."라고 꾸중하는 아빠에게 일부러 그런 거 아니라고 조그만 목소리로 대답하는데, 괜히 내 마음이 다 아팠다.

아이 엄마는 조금 달랐다. "일부러 한 거 아닌 거 알아. 실수할 수 있어. 괜찮아. 어른들도 그런 실수 해. 놀랐지?"라고 아이를 달래주셨다. 옆에서 밥 먹고 있던 우리에게 미안하다는 말을 하시기에 웃으며 괜찮다고 대답했다. "언니는 괜찮아. 옆에 있는 언니 친구도 자주 쏟고 그래. 놀랐지? 괜찮아. 그럴 수도 있어."라며 괜히 죄 없는 수현이까지 끌고 왔다.

마침 아이가 나와 가까운 곳에 자리했기 때문에, 가족을 제외하고는 괜찮다고 말해줄 수 있는 유일한 어른이 나이기도 했다. 어린아이는 살면서 처음 보는 사람에게도 이해받을 수 있어야 한다. 어린 날에 받았던 깊은 이해는 어른이 된 지금까지도 작고 크게 영향을 주니까.

이후에도 가까운 거리에서 아이 엄마의 말이 반복되었다. "실수할 수 있어. 일부러 그런 거 아닌 거 다 알아. 어른들도 실수해."라는 말. 방금까지 의젓하게 아이를 달래주기까지 해놓고서, 옆자리에서 반복되는 그 소리에 눈물이 고였다. 마주 앉은 수현이가 대체 왜 우냐고, 술 취한 거냐고 자꾸만 놀렸다. 실없는 농담 덕분에 웃음도 같이 났다.

어른 되고 나서는 그 말들을 기회가 참 없었다. 가끔 마주할 때마저 내 마음이 꼬였던 탓에 형식적인 내용으로만 들리곤 했지. 실수해도 괜찮다는 말 뒤에는 '다음부터는 절대 안 봐준다'는 말이 따라붙을 것만 같았다. 특히나 요즘은 여러 명과 협업하는 일을 하고 있기 때문에 단 하나의 실수도 하지 않기 위해 용을 쓰고 있었다. 힘들지 않냐고 물어오는 사람들의 걱정 어린 질문에도 힘들 거 하나 없다는 말로 넘어가고 말았다.

하지만 아이 엄마의 말처럼 어른들도 실수하고 살지. 가끔은 어릴 때보다 더 큰 실수를 저지르지. 우리 일부러 그러는 거 아니라면, 그냥 어쩌다 툭 하고 수저 떨어뜨린 정도의 실수라면 서로 좀 봐줄 수도 있는 거겠지. 조심하며 살다가도 넘어지는 날 있는 거니까.

그럴 수 있다는 다정하고 온화한 말 덕분에 아

직 내 안에 있는 실수투성이의 어린아이까지 위로받았다. 딱 나만큼 경직된 몸과 마음의 시기를 지나는 사람이 있다면 꼭 안아주며 말하고 싶다. 우리 조금만 너그럽게 살자고. 누구보다 자기 자신에게.

대단치 않은 위로

　　어쭙잖은 위로는 아무 말 안 하는 것만 못하다는 생각과 어떤 말이라도 건네 힘이 되어주고 싶다는 마음이 부딪칠 때, 대개 나는 전자를 택하고 어떤 말도 하지 않는다. 그리고 뒤돌아서 곧바로 후회한다. 대단치 않은 말이라도 누군가에게는 그것마저 절실한 순간들이 있을 텐데 나는 다 알면서도 놓친다. 그건 놓친 것이 아니라, 놓은 것에 가깝지 않을까. 함부로 아는 척하지 말자는 생활신조가 어쩌면 다른 사람의 고통과 아픔을 모르는 척할 때 사용되고 있는 것은 아닐까.

　　건너 건너 아는 사람이 세상을 떠났다. 시기가

겹쳐서 세상을 떠난 또 다른 이의 생각이 더 났을 수도 있겠다. 내 곁 가까이에 있었다면, 나는 알아볼 수 있었을까. 확신할 수가 없다. 눈치가 빠르지만 이기적인 나는 어쩌면 그의 우울을 이미 눈치챘으면서도 가끔 괜찮아지고, 가끔 밝아지는 모습만을 진짜라고 믿고 싶어 했을 수도 있겠다. 조심스럽게 SOS를 보냈을 그 사람 앞에서 평소 말버릇인 '사는 게 다 그렇지. 각자의 지옥이 있지 뭐.'라는 말만 툭툭 내뱉으면서 그를 더 깊은 수렁으로 밀어 넣었을 수도 있겠다.

가까운 친구들의 어둠 앞에서도 건조하고 쉽게 내뱉을까 봐 나의 언어가 무서울 때가 있다. 이토록 부족하고 모자란 내가 상대에게 힘이 되어줄 수는 있을까. 하루라도 더 살 수 있는, 살고 싶은 이유를 만들어줄 수 있을까. 아무리 생각해봐도 자신이 없다.

하지만 가까운 사람들이 아주아주 어둡고 힘든 순간을 지날 때 나를 찾아줬으면 좋겠다. 어설픈 위로라도 괜찮으니 아무 말이나 해보라고 제발 소리쳐줬으면 좋겠다.

각자의 새벽

　　　　　21살 그해 겨울 첫눈이 내리던 날, 나는 대학교 친구들과 홍대 어느 클럽의 입장 대기 줄에 서 있었다. 눈이 올 것이라는 일기 예보를 본 적이 없었는데 기상청은 그때도 꽝이었다. 요즘에야 '홍대 클럽의 위기'라는 헤드라인으로 기사까지 나오고, 죽어가는 홍대 클럽 상권을 살리기 위해 협회 차원에서 나름의 시도도 할 정도이지만 그때만 해도 유명한 클럽들은 주말이면 골목을 끼고 돌아서까지 입장 대기 줄이 이어져 있었다. 가뜩이나 추운 겨울 날씨에 눈까지 내리다니. 정말이지 온몸이 얼 것 같았다. 그러나 이대로 돌아갈 수는 없었다.

그날의 각오는 좀 남달랐다. 비장하기까지 했다. 내가 클럽에 녹아드는 인간인지를 마지막으로 테스트해보는 날이었기 때문이다. 이전에도 대학교 친구들과 클럽에 간 적이 있었다. 처음 갔던 날만 해도 환상이 있었다. 자고로 진정한 20대 초반이라 함은 홍대 클럽에서 밤새워 놀 줄도 알아야 하는 거지. 암, 그렇고말고. 나는 중학생 때 댄스 스포츠 전국 대회 3등에 입상했을 정도로 춤에 재능도 있었으므로 기대가 더욱 컸다. 일단 가기만 하면 그곳이 제2의 우리 집이 되는 것이 아닐까 하는 쓸데없는 걱정까지 했다.

그러나 애석하게도 처음 그곳에 갔던 날, 나는 한 시간도 채우지 못하고 집에 가는 택시를 타러 나왔다. 생전 처음 느껴보는 생경한 감정이었다. 시야에 들어온 모든 것이 괴이했다. 조명이 희번덕거리는 곳에서 다들 가사도 없는 노래에 맞춰 흐물흐물 몸을 움직이고 있었다. 친구들의 (춤이라고 표현하기도 뭣한) 몸짓을 보는 것만으로도 공감성 수치가 올라가 눈을 뜨고 있을 수 없었다. 봐서는 안 되는 장면을 보는 느낌이었다. 나만 이렇게 붕 뜬 기분일까. 나만 집중이 안 되는 걸까. 소란스러운 공간 안에서 내 마음만 찬물 끼얹은 듯 차분해졌다. 음악 소리는 어찌나 큰지 더 있다가는 귀도 나가고 정신도 나갈 것 같아서 친구들도 내버려 두고 그대로 나와버렸다. 이런 내 마음도 모른 채 이미 정신을 놓고 춤을 추는 친구들이 나와는 다른 별에서 온 사람 같았다. 괜한 거리감이 생겨서 다음 날 학교에서 조금 피해 다녔다.

기껏 눈 맞으며 줄 서서 들어간 두 번째 날은 좀 달랐냐고? 아니. 결과는 더욱 처참했다. 처음에 한 시간을 채우지 못했다면 두 번째는 삼십 분도 채우지 못했다. 저번과 같은 이유였다. 친구들은 역시나 각자의 흥에 취해 신나게 놀고 있었다. 하나하나 붙잡고 묻고 싶었다. 얘들아, 너네는 깜깜한 지하 공간에서 각자 지렁이처럼 흐물거리는 이 행위가 이상하게 느껴지지 않니? 나랑 같이 점심을 먹고 학교에 다니는 그 애들이 지금 너희가 맞긴 한 거니?

후다닥 그곳을 빠져나와 기껏 간 곳은 클럽 근

처에 있는 24시간 카페였다. 클럽이 밤새 성행하니, 그때는 가까운 곳에 밤새 영업하는 카페도 많았다. 집에 돌아갈 수도 있었지만 저번에 이어 이번에도 혼자 빠져나온 게 조금 미안했고, 마침 가방에 재밌게 읽던 책 한 권도 있었으니까. 어울리지도 않는 진한 화장을 한 채로 창가에 자리를 잡고 책을 읽었다. 클럽 들어가기 전 마셨던 술은 진작 다 깼다. 책은 역시나 재미있었다. 말도 안 되는 타인의 몸짓에 비하면 이쪽이 훨씬 집중하기 쉬웠고, 이제야 내가 있어야 할 자리로 돌아온 듯한 안락한 기분마저 들었다.

책을 읽다 종종 창문을 내다보면 그해의 첫눈이 새벽까지 흩날리고 있었다. 주변 테이블에 있는 사람들은 술에 취해 반쯤 누워 있기도 했고, 한국말인지 외국어인지 모를 말을 술주정으로 내뱉기도 했다. 멀쩡한 사람은 나 혼자로 보였다. 창문 너머는 흩날리는 첫눈 덕분에 아름다웠다. 문득 우리 모두가 한 프레임 안에 있다는 것이 좀 모순적으로 느껴졌다. 가만히 생각에 잠겼다. 우리 중 누가 더 젊음 가까이에 있을까.

그날, 첫눈과 술 취한 사람들 그리고 책이 뒤섞인 새벽을 지나오며 나는 삶의 다양한 면면을 조금 알게 됐던 것도 같다. 클럽에서 춤을 추며 청춘을 불태우는 20대도 있지만, 기어코 거길 빠져나와 24시간 카페에서 소설을 읽는 20대도 있다는 것. 그렇다고 해서 그들의 춤을, 내가 감히 춤이 아니라고 할 수는 없다는 것까지.

인생은 그런 모순과 모순들이 더해져 굴러가고 있었다. 누가 더 청춘 가까이에 있는 것이 아니라, 모순 속에 있는 우리 모두가 청춘의 프레임 안에 담겨 있었다. 그렇게 각자의 방식으로 각자의 시절을 지나가면 될 일이었다.

그 후로도 두 시간은 더 지나서야 나온 친구들과 해장한답시고 순댓국을 먹으러 갔다. 친구들도 나에게 왜 혼자 먼저 나갔냐고 탓하지 않았고, 나 역시 친구들에게 왜 이렇게 늦게 나온 거냐고 짜증 내지 않았다. 클럽 말고도 함께 행복할 수 있는 것들이 우리에게 아주 많았으니까.

각자에게 어울리는 새벽이 그날 우리의 홍대에 있었다.

다정한 흔적

　　　　타인이 내게 주는 사소한 상처는 금방 잊는 편이다. 의도적으로 몸통 박치기 해서 나를 저 멀리 날리지 않는 이상, 우선 대화를 시작한다. 어떤 지점에서 왜 기분이 상했는지 설명하고 상대의 전후 사정을 듣는다. 십중팔구 이해가 간다. 나도 실수하고 사니까, 너도 실수하겠거니. 물론 가끔은 그 이해마저 어려울 때가 있다. 아량 넓은 척해봤자 기본적으로 내가 좀생이인 탓이다. 하지만 대화를 했다는 그 자체로 정화 작용이 일어난다. 할 수 있으면서 하지 않았을 때 속 터지는 거지, 내가 할 수 있는 것을 했다면 결과가 어떻든 크게 미련이 없다. 덕분에 하루 이틀이면 다 까먹는다.

반대로 '너 상처 한번 받아봐라!' 하는 마음으로 누군가의 마음을 찌르고 나면, 그 장면은 도저히 잊히지 않았다. 시간이 아무리 흘러도 내 안에 생생하게 남아 있었다. 꼭 칼을 쥐어야만 사람 마음 찌를 수 있는 건 아니니까. 상처는 특히 사랑하는 사람에게 더 쉽게 줬다. 상대를 너무 잘 알기에 아픈 부분을 정확히 겨냥할 수 있었다. 나는 기분이 나쁘면 흥분하기보다는 급격히 침착해지는 편이다. 고로 상처 주겠다고 작정하면 무조건 백발백중이었다.

그렇게 작정하고 내뱉은 날카로운 말들은 생각지도 못한 순간에 유령처럼 눈앞에 나타났다. 친구들과 웃고 떠들다가도 움찔할 때가 있었고, 글을 쓰다가도 과연 내가 이런 말을 할 자격이 있는지 자신에게 물을 때가 있었다. 무서워서 눈 질끈 감고 도망가고 싶었다. 저렇게 아픈 말을 내가 했으리라고는 믿고 싶지 않았다. 하지만 모두 내가 만든 말의 잔해들이었다.

어디로도 도망갈 수가 없어서 내가 했던 말을

내가 다시 고스란히 듣는다. 나의 날카로운 무신경함에 상처받았을 그 사람을 떠올리며 나 역시 상처 입는다. 사랑하는 사람을 위해서는 물론이고, 나를 위해서도 분노와 미움은 시간을 가지고 정제할 필요가 있다. 그리고 때로는 충분한 시간이 흘러도 묻어두고 넘어갈 것. 누구 하나 호락호락하게 봐주지 않는 이 세상에서, 내가 사랑하는 사람은 한 번쯤 봐줄 수 있잖아.

이왕 태어난 거, 이왕이면 다정한 흔적만 남기며 살고 싶다.

자라나는 날들에 대한 이해

　　　　　지하철보다는 버스를 선호한다. 옆자리에 앉은 사람과 어쩔 수 없이 어깨가 닿는 것도 불편하고, 창문 하나 없는 공간이 갑갑하게 느껴지거든. 얼마 전 늦은 오후에는 오랜만에 지하철을 탔다. 목적지에 도착하는 시간이 버스와 30분 이상 차이가 나서 별수 없었다. 물론 5분 만에 내 선택을 후회했지만.

　전동차 안에 자리가 꽤 남아 있는데도 한 무리의 교복 친구들이 앉지 않고 옹기종기 모여 서서 떠들고 있었다. 변성기가 채 지나지 않은 거친 목소리들이 가까운 거리에서 귀를 파고드는 것이 고통스러웠다. 버스를 탔을 때처럼 시선을 창문 밖으로 돌려 내 주의를 분산시킬 수도 없었다. 얼굴을 보니 대략 17살 정도인 것 같았다. 혈기왕성한 10대 후반 남자 청소년들과 싸워서 내가 이길 수 있는 확률은 전혀 없으므로 별수 없이 이어폰의 음악 소리를 높였다. 나와 비슷한 마음이었는지 노약자석에 앉아 있던 할아버지 한 분이 그 애들에게 짜증 섞인 고함을 질렀다. "어이 거기 너네! 왜들 지하철에서 말썽이야! 조용히 해!"

말썽이라고 표현하기에는 조금 과한 것 같은데. 왜냐하면 '거기 너네'는 공공장소에서 떠든 게 전부이니까. 외관으로 판단할 수는 없지만, 다들 말썽과는 거리가 먼 모습이었다. 교복도 헐렁하고, 정직한 스포츠머리 같은 걸 하고 있었다. 그래도 솔직히 말하면 그 애들 목소리보다야 할아버지의 짜증스러운 내지름이 차라리 더 반가웠다. 전날 밤을 새워서 유난히 피곤한 하루였다.

그때였다. 학생들과 가까운 자리에 앉아계시던 할머니가 "이게 무슨 말썽이야. 아기들 공부하느라 바빠서 떠들 새도 없을 텐데 여기서 이야기 좀 하는 게 뭐가 어때서."라고 혼잣말 아닌 혼잣말을 하셨다. 혼잣말이라고 하기에는 커서 다섯 칸 정도 떨어져 있던 나에게도 다 들리는 목소리였다. 할아버지와 싸움이라도 붙는 게 아닐까 걱정이 돼서 귀를 기울였다. 그러나 이해와 다정은 전염되는 것일까. 할머니의 한마디 후, 근처 아저씨 아주머니들도 비슷한 이야기를 하며 그 말을 거들었다. "그래, 저 나이대 애들이 좀 떠들 수도 있지.", "지하철에서도 못 떠들면 대체 어디 가서 이야기하란 말이야." 같은 말이 돌림 노래처럼 반복되었다. 정작 교복 무리는 자신들에게 시선이 주목되는 것이 부끄러운지 고개를 푹 숙이고 핸드폰이나 만지작거리는데, 처음 보는 어른들이 나서서 편을 들어주고 있었다.

상냥한 참견들 속에서 그제야 나도 아이들의 하루하루를 머릿속에 그려볼 수 있었다. 아침 일찍 졸린 눈을 비비고 일어나 학교에 가겠지. 학교가 끝나면 이 학원 저 학원으로 옮겨 다닐 그 또래의 아이들. 장마 때문에 그렇게들 좋아하는 축구도 못 하고 있으려나. 저 큰 가방에는 어떤 것들이 들어 있을까. 어쩌면 지금이 얼마 안 되는 쉬는 시간일 수도 있겠구나.

나도 그들처럼 교복을 입고 시끄럽게 떠들던 때가 있었다. 공공장소에서 큰 목소리로 이야기하면 안 된다는 것쯤이야 다 알고 있었지만, 지금의 나로서는 이해 불가능한 어린 날의 에너지 같은 것들이 그때 내 안에 있었다. 자주 떠들고 그만큼 자주 혼나면서도 금세 까먹고 넘쳐나는 힘을 풀어 냈다. 노래방에서 마이크 없이도 노래를 부를 수 있는 내 목소리 데시벨을 생각해보면 지하철에서 떠드는 애들 목소리쯤, 이해 못 할 게 없었다. 터져 나오는 웃음소리도, 높아지는 말소리도 주체하기 어려운 시기를 우리 모두가 지나왔으니까. 이해와 다정만이 타인의 인생을 바라볼 수 있게 하는 것 아닐까. 나 역시 수많은 속 깊은 마음들 덕분에 자라났을 것이다.

어제는 아랫집 분을 엘리베이터에서 우연히 마주쳤다. 우리 집 층수를 누르자 혹시 15xx 호 분이시냐고 조심스럽게 말을 건네왔다. 그렇다고 대답하자 혹시 아기 울음소리 때문에 시끄럽지는 않은지 물어보시며, 아기가 이제 6개월이라 많이 운다고 사과부터 하셨다. 마침 내 방과 아랫집 아기의 방이 같은지 잠귀가 밝은 나는 새벽에도 잠을 깰 때가 종종 있었다. 이제 세상 빛을 본 지 여섯 달밖에 안 된 아기가 크게 우는 일은 너무나 당연하겠지.

한 번도 보지 못했지만 하얗고 동글동글한 아기의 얼굴을 그려보았다. 마스크를 쓰고 있었지만 최대한 웃는 얼굴로 답했다. "한 번도 들어본 적 없는걸요. 그리고 아기가 우는 게 당연하죠. 저 별로 소리에 민감한 편 아니니 걱정하지 마세요."

어떤 오류도 없는 완벽한 세상보다는 부족함에 대한 이해, 자라나는 날들에 대한 이해가 있는 세상에서 살고 싶다. 어쩌면 이해와 다정의 또 다른 말이 완벽인지도 모르겠다.

이름 없는 내 나무

혼자 지내는 집의 내부 공사를 진행하며 베란다를 새롭게 단장했다. 예전에는 빨래밖에 널지 못했는데, 이제는 커피도 마시고 책도 읽을 수 있는 공간이 되었다. 생김새가 그럴듯해지니 식물에 대한 욕심이 생겼다. 이왕이면 아주 커다란 나무.

어린 시절, 엄마는 이곳이 베란다인지 정글인지 헷갈릴 정도로 식물을 빼곡하게 키웠다. 나 역시 이 공간을 초록으로 가득 채우고 싶었다. 큰마음 먹고 근처 화원에 가서 나무를 구했다. 잎의 색깔이나 모양도 아름다워야 하지만, 가장 중요한 조건은 추위를 잘 견디는 나무여야 한다는 것이었다. 집 안쪽으로 나무를 들일 마음은 없었고, 사계절 내내 실외에 가까운 베란다에서 키울 예정이었다. 잎이 굵고 넓은 벵갈 고무나무가 내 취향이었지만, 노지에서도 겨울을 날 수 있다는 남천 나무를 추천받았다. 계절의 흐름에 따라 잎이 붉은색으로 변하는 점이 낭만적이기도 했다. 그 나무를 데리고 왔다.

고심해서 골라 온 것이 무색하게 내 나무에게 이름조차 지어주지 않았다. 이름을 짓는 순간 우리에겐 이야기가 생길 테니까. 조금 고약하게 느껴지지만, 너무 많은 애정을 들이고 싶지 않았다. 나는 제제가 아니고, 너 역시 라임오렌지 나무가 아니잖아. 때맞춰서 물은 줄 테니 싱싱하고 멋진 인테리어의 역할만 해주기를 바랐다. 이미 다 자란 상태의 나무를 골라 왔기 때문에 특별한 환경을 조성할 필요도 없었다.

하지만 내가 뭘 몰라도 한참 몰랐지. 우리 사이에 시간이 쌓이게 된다면 이름의 유무는 중요치 않았다. 이미 걔를 내 공간에 들인 순간부터, '그깟 나무'에게 마음을 주지 않겠다는 내 다짐은 쫄딱 망했다고 볼 수 있었다. 생각해보면 고향 집 앞 바다에도 특별한 이름은 없었다. 하지만 일요일마다 아빠와 함께 했던 바다 앞 산책을 떠올리는 것만으로도 나는 자주 울 것 같은 기분이 되었다.

    그걸 잊었던 바보 같은 나는 우선 화원 사장님이 알려주신 주기에 맞춰서 물을 주기 시작했다. 후에 인터넷을 찾아보니 집에서 키우는 나무들은 보통 건조보단 과습 때문에 문제가 생긴다고 했다. 지나친 사랑은 부족한 사랑만큼 문제다. 사람이나 식물이나 마찬가지였다.

    나라고 다를까. 정해진 양이 있었는데, 언제나 조금씩 물을 더 줬다. 겨울은 춥고 건조하니까 더 많은 수분이 필요할 것이라고 쉽게 짐작한 탓이었다. 당연히 탈이 났다. 과습 때문에 벌레가 생기고야 말았다. 벌레를 처음 발견한 날에는 집을 버리고 도망가고 싶었다. 그럴 수는 없어서 눈물을 머금고 해결책을 찾아보았다. 인터넷 전문가들은 물기를 날려버리기 위해 자주 통풍을 시켜주라고 했다.

이번 겨울은 유난히 추웠기 때문에 통풍이라는 말에 또 한 번 눈물이 날 것 같았다. 영하 20도 가까이 떨어지는 날에도 오직 나무만을 위해서 하루에 두세 번, 15분씩 창문을 활짝 열었다.

추운 날이 이어지면서 재를 베란다에 놔둬도 되나 싶어 걱정이 됐다. 어쩔 수 없이 해가 지고 나면 화분을 베란다에서 집 안쪽으로 데리고 들어왔다. 기껏 노지에서 키울 수 있는 나무를 산 보람이 하나도 없었다. 내 키보다 더 큰 화분을 들고 낮에는 베란다로, 밤에는 거실로 낑낑거리며 옮기는 짓을 매일 했다. 이렇게까지 시간을 들이고, 몸을 고생시키면서 얘를 사랑하지 않는다고 말하기는 어려웠다. 처음 계획은 나무로 무성한 베란다를 만드는 것이었지만, 한 그루에도 너무 많은 시간과 애정이 들어간다는 것을 알게 된 후 두 번째 나무는 기약이 없어졌다.

평소보다 조금 더 기분이 축축한 날에 길거리에 있는 조경용 나무를 보다 울컥 눈물이 난 적이 있다. '내 나무는 겨울이라고 따뜻한 집 안에 들어와 있는데, 이 추위에 너네는 진짜 괜찮은 거니? 벌레 때문에 어디 아프진 않니?' 묻고 싶었다. 추운 날씨와 각종 해충을 버틸 수 있는 나무를 어련히 심어놨을 텐데. 관리도 나보다 훨씬 잘할 텐데. 쓸데없는 걱정이라는 것을 알면서도 자꾸 마음이 아팠다. 이렇게 될까 봐 이름을 짓지 않겠다고 다짐한 것이었는데.

생각해보면 길고양이들의 간식을 챙겨주고, 그들의 겨울을 걱정하기 시작한 것도 친구 정희가 메리와 아리를 키우면서부터였다. 시큰둥해하던 내 반응에도 아랑곳하지 않고 자신이 키우는 고양이의 사진을 꾸준히 보내는 정희의 뚝심 덕분에 나도 모르게 그들을 나의 생활 반경 안으로 들이고 살펴보았다. 길에서도 메리와 아리를 닮은 고양이는 한 번 더 보게 됐고, 입고 다니는 옷 호주머니에 고양이 간식을 넣어 다니기 시작했다. 그때부터는 그들을 그저 길고양이라고 부를 수가 없었다. 귀엽기보다는 짠했다. 따뜻하고 안전한 환경에서 지내는 고양이와 밥 한 끼를 겨우 얻어먹고 다니는 고양이 중 누가 더 귀한 생명이라고 말할 수 없었다. 다양한 생명이 나와 내 주변에 자리 잡으면서 나는 조금씩 눈이 밝은 사람이 되어갔다. 고작 하는 일이라고는 나무를 쳐다보다 울고, 동네 고양이들에게 간식과 밥을 챙겨주는 정도이지만. 이전에도 엄연히 존재했던 것들이 이제야 보인다. 모르고 지냈던 날보다 자주 마음이 아프고 자주 울게 되었지만 이전의 생으로는 돌아갈 수가 없다.

김금희 작가의 소설 〈너무 한낮의 연애〉에서 양희는 필용에게 이렇게 말한다.

"선배, 사과 같은 거 하지 말고 그냥 이런 나무 같은 거나 봐요. 언제 봐도 나무 앞에서는 부끄럽질 않으니까, 비웃질 않으니까 나무나 보라고요."

나 역시 이름 없는 내 나무를 한참이나 물끄러미 바라보는 날이 있다. 무슨 말이라도 하고 싶지만, 아무 말도 나오지 않아 그저 가만히 앉아 나무만 본다. 내가 밖에서 어떤 잘못을 저지르고 돌아왔든 개의치 않고, 비웃지도 않고, 혼내지도 않는 커다란 내 나무를.

더 많은 생명이 내 생활 반경 안에 들어오는 삶을 상상해본다. 나 아닌 존재로 인해 눈물 흘리는 날이 잦아지는 삶. 그러나 그조차 기꺼이 감당할 만큼 행복해질 거라고 감히 짐작해본다.

글쓴이 **백가연**

섬세해서 편안하다는 말과
예민해서 불편하다는 말을 함께 듣습니다.

혼자 있는 시간과 타인과 보내는 시간 모두를
소중하게 여깁니다.

책 〈실패일기〉를 썼습니다.

네가 있는 곳은 어떤지 물어보고 싶어

네가 있는 곳은 어떤지 물어보고 싶어
STORAGE BOOK & FILM series #8

글 백가연

일러스트 **인범** @inbeom
교정교열 **다미안** @damian_contigo
디자인 **김현경** @warmgrayandblue

펴낸곳 STORAGE BOOK AND FILM
홈페이지 **storagebookandfilm.com**
이메일 **juststorage.press@gmail.com**
인스타그램 **@storagebookandfilm @storagepress**

초판 1쇄 펴냄 **2021년 4월 30일**
초판 4쇄 펴냄 **2024년 1월 30일**

* 이 책의 내용의 전부 또는 일부를 재사용하려면
 펴낸곳을 통해 저작자의 동의를 받아야 합니다.